夜回り先生

原点

水谷修

日本評論社

はじめに

私は六二年の人生を生き抜いてきました。中学一年の時から母を手伝い、字を読むことも書くこともできない人たちのための識字教室の先生をしていましたから、人生の中の五〇年を教員として生きてきました。そして、夜間定時制高校の教員となった三五歳から、「夜回り先生」として夜の世界を生きてきました。夜の世界で出会い関わった「夜眠らない子どもたち」の数は一万五〇〇〇人を超えました。

一八年前に、リストカットを繰り返し死を求める一人の少女と出会いました。この時、私が毎晩のように夜の町を回り、夜の世界の子どもたちと生き合っている、まさにその時間に、夜の暗い部屋で明日を見失い自らを傷つけ死へと向かう「夜眠れない子どもたち」の存在に気づきました。

そこで、メールアドレスと電話番号をメディアで公開しました。途切れることのないメール、鳴りやまない電話。関わった「夜眠れない子どもたち」の数は、すでに四五万人を超えています。

一つの命も失うことなく、すべての子どもたちを何とか昼の世界に戻し、笑顔にするための闘いのはずでした。しかし、わかっているだけで二八七の尊い命を失いました。どの命も失ってはいけないものでした。

人は私のことを「夜の世界でたくさんの子どもたちを救ってきた」といいます。でも、これは違います。私が救ってきたのは私自身です。

私は人生の中で何度も追いつめられました。たくさんの嘘をつきました。たくさんの悪いことをしました。たくさんの人を傷つけました。自らを傷つけたことも、命を絶とうとしたこともあります。自暴自棄になったことも、夜の世界に沈んだことさえあります。

でも、そのたびに素晴らしい出会いがあり、救われてきました。その出会いのどれ一つがなくても、今の私は存在しないでしょう。

夜の世界の子どもたちの中に、私はかつての自分の姿を見ました。明日を見失い、もだえ苦しむ、あるいは自暴自棄になる、まさに過去の自分そのものです。そんな彼らを放っておくことはできません。私が救われた出会いを彼らにあげたかった。その結果、彼らの人生そのものに深く踏み込んでしまいました。

私は戦後の日本の教育界で、最も生徒を殺した教員です。その理由は簡単です。教員として、人間として絶対越えてはいけない一線を越えてしまったからです。たとえ親であっても、子どもの人生に足を踏み入れることは許されません。人は自分の人生を自分の力で作らなくてはならないのです。でも、私はそれをしてしまった。いかなる理由があっても許されることではありません。そして、多くの命を殺してしまいました。それを、私はただ償《つぐな》い続けてきただけなのです。

これが「夜回り先生」の本当の姿です。

この世に生まれたくて生まれる人はいません。私たちはこの世に投げ出されるように誕生させられます。望まれて生まれてくる人もいるでしょう。望まれずに生まれてしまった人もいるでしょう。

運のいい何割かの人は、偶然にも恵まれた環境の中、愛に満ちた家庭の中に生を受けるかもしれません。そして、一生をたくさんの笑顔と少しの哀しみで生きていくことができるかもしれません。

そんな恵まれた人にはこの本は必要ないでしょうし、知らないほうがいい世界かもしれません。でも、ぜひ読んでほしいと考えています。

ただし、「かわいそうな子がいるんだ……」と涙など流すことなく。この世界、同じ太陽の下でこうして苦しんでいる人がいるという事実に気づいてほしいのです。

この本は本来、存在そのものを望まれず、しかも耐え難い日々の中であえぎ苦しんでいる人のために書きました。ただし、そんなつらい毎日の中でも、救いを求め続けている人のために。私自身が経験した多くの出会いの中から、その幸せに気づき立ち直ってくれた子どもたちのことも書きました。

生きることは人間の宿命です。人はただ生きていくしかない。でも、そこには多くの幸せがあります。

幸せとは何でしょう。これが本当の幸せなんていうものはあるのでしょうか。私はそんなものはないと信じています。幸せは想い。幸せだと想えば幸せに、そうでないと想えば不幸せに……。

多くの人は、このただ想えばいい幸せを、想うことをせずにただ求め続けて手に入れようとして、不幸せになっているように思います。

想えば誰でもいつでも出会うことのできるもの。それが幸せです。

この本を書くことは私自身の生き恥をさらすことでもありました。でも、今こそ悩み苦しむ多くの子どもたち、大人たちに伝えたかった。私の生い立ちと数々の出会いを通して、「夜回り先生」の原点ともいうべき真の姿を知ってほしいのです。

私もみなさんと同じく悩み苦しんでいるのです。だから、人生を必死で生きているのです。

目次

夜回り先生　原点

夜回り先生

私は、夜の町の子どもたちや暴力団員たち、心に傷を持つ子どもたちから「夜回り先生」とか「夜回り水谷」と呼ばれています。いつのまにかテレビや新聞などのメディアでもそう紹介されるようになりました。

私が「夜回り」、つまり、午後一一時頃から夜の町を回りエッチなチラシや立て看板を片づけながら、街角にたむろする若者たちに早く家に帰るように話すことを始めてから、すでに二七年の歳月が経過しました。

この間、全国各地で四五〇〇回以上の講演をしてきました。講演では夜の世界で出会った多くの子どもたち、中でも亡くしてしまった子どもたちのことを話してきました。彼らの哀しみを一人でも多くの人たちに知ってほしくて。また、彼らの死を決して無駄にすることのないように語り続けてきました。

高校の教員時代は、午前中は日本のどこかで講演。午後は自分の学校に戻り、夕方から自分の授業をし、夜は「夜回り」。家に戻れば相談の電話やメールへの対応、事件が起きれば警察と連携して解決を目指しました。

さらに、学校が休みの週末は、講演で訪れた日本各地の繁華街で「夜回り」です。

「夜回り」を始めた動機はとても単純です。

私は三五歳の時、横浜の中心部に位置する夜間定時制高校に転勤しました。この高校で授業が終わるのは夜九時、部活が終了するのは夜一〇時半過ぎです。

生徒たちにとってはそれからが放課後。近くの繁華街や公園で楽しく語り合っていました。しかし、この高校は有名な観光地・横浜中華街の入り口にあり、周辺には日本を代表する広域暴力団の組事務所がたくさんありました。ある意味、とても危険な場所です。

そこで、生徒たちを何とか早く家に帰そうと始めたのが、「夜回り」でした。最初は自分の学校の生徒だけを対象にしていたのですが、すぐにすべての若者たちに声をかけるようになりました。みんな大切な子どもたちだったからです。

「中学生？　高校生？　家に帰ろう」と、夜の町にたむろする子どもたちに声をかけ続けます。薬物の売人がいれば、彼らが去るまでその傍《かたわ》らに立ち続けます。体を売っている女の子がいれば、名刺を渡し「お母さんの顔を思い出してごらん。哀しむぞ。帰ろう」と声をかけます。帰らない子どもがいれば、朝まで一緒に話し込んでいました。大人の私がそばにいれば安全だからです。

私は夜の町を行き場なく徘徊《はいかい》する子どもたちが愛おしい。彼らは昼の世界の心ない大人たちによって、夜の闇へと沈み込まされた子どもたちです。だから、彼らと出会うために夜の町に入っていきます。

もう十数年前のことです。

当時、神奈川でも最大といわれる暴走族のリーダーから、学校に私宛の電話がかかってきました。そして、

「おい、俺と会いたいそうだな。粋がるんじゃやねぇぞ！　お前一人で俺に会いに来れ

るのか！」と脅《おど》してきました。

ちょうどこの頃関わっていた子どもの一人がこの暴走族から狙われていたのです。私はこの暴走族と話をつけたくてリーダーを追っていました。

私が「どこにでも一人で行くから場所を決めてほしい」というと、近くの駅を指定しました。そして、

「もし一人で来なかったら、この先、夜は後ろを気にしてしか歩けなくなるぞ！」と
ひと言つけ加えることを忘れません。

電話を切った後、私は指定された駅へと向かいました。でも、彼は一人ではなかった。暴走族の仲間を一〇人近く引き連れていました。

彼らと一緒に駅前にあるファミリーレストランに入ると、中にいた客が一人また一人と逃げるように店を出ていきました。連中は誰がどう見ても暴走族。しかも、客たちに鋭い視線を放ち、無言の脅しをかけていましたから、巻き込まれることを恐れたのでしょう。

見た目は凶暴そうでも、まだまだかわいい少年たちです。席に着くなりチョコレートパフェやアイスクリームを注文し、おいしそうに食べます。その様子が何かおかしくて、私は苦笑いしながら話をつけました。リーダーは私の関わっている子に手を出さないことを約束してくれました。

暴走族は上下関係が厳しいといわれますが、別れ際に全員で整列して「ごちそうさまでした」と挨拶《あいさつ》されたのにはまいりました。そして、リーダーがいいました。

「あんた、変わってるな。教員にしとくのはもったいないよ」

この誉《ほ》め言葉には、また苦笑いするしかありません。

私は、私を信じてくれる多くの子どもたちの想いをいつも背負っていました。その子どもたちと真正面から向き合いともに生きていくためには、絶対に引くこと、逃げることはできません。

こんなこともありました。

もうだいぶ前になりますが、一人の少女から必死な声の電話がかかってきました。少女の彼氏が属している暴走族の仲間が、対立する暴走族から暴行を受けたそうです。彼氏たちがその仕返しをするため公園に集合している。これをどうにか止めてほしいという要請です。

私はすぐに車を飛ばしてその公園に向かいました。すでに七〇人近い暴走族の子どもたちがバイクや車で集まっていました。

彼らが手にしているものを見て、私はぞっとしました。釘を打ちつけたバットや金属製のパイプです。

顔見知りの何人かを見つけ、やめるようにいうと、

「止めないでくれよ、先生。やられっぱなしでは、メンツが立たない！」と聞く耳を持ちません。

「こんなもので人を殴ったらどうなると思うんだ！」と、私は彼らの一人から釘を打ちつけたバットを奪い、そばにあったプラスチック製のベンチを思いっ切り叩きました。ベンチは見るも無残にグチャグチャです。「すげぇ！」といって暴走族の子どもたちが集まってきました。

彼らを何とかなだめ、解散させたのは翌日の明け方です。

「夜回り」は、私にたくさんの喜びと多くの哀しみをもたらしました。あれから、いくつの夜を町で過ごしたでしょう。何人の子どもたちと夜の町で出会ったでしょう。すべてが哀しいものでしたが、それと同時にすべてが素晴らしいものでした。

私はどこまでも走り続けます。私を信じ、私の生き方を見つめてくれている多くの子どもたちの夢を裏切ることはできませんから。そして、彼らの想いを一人でも多くの人に伝えることが私の大切な仕事です。

ドラッグとの闘い

「夜回り」を始めた年の四月、私は夜遅くに山下公園にいました。そこで保護したのがマサフミです。この出会いが私の人生を大きく変えることになりました。でも、当時はまったく想像もしていませんでした。

マサフミは公園の植木の陰で空き缶にシンナーを入れて吸っていました。目の焦点が定まらないトロッとした顔つきで、立つこともできないため座り込んでいました。彼の散らかした吸い殻を片づけながら近づき、私が横に座ると、マサフミはにらみつけてきました。

「おい、あっち行けよ！」と言い放つマサフミのきつい言葉に、私は「やだよ」とだけ答えていました。少年のこんな姿を目にしてその場を立ち去るなんてできません。

朝日が昇る頃、マサフミを私の車に乗せて家まで送りました。彼の家は古い木造のアパート。トイレは共同、風呂もない六畳一間の小さな部屋で、お母さんと二人で暮らしていました。
マサフミを布団《ふとん》に寝かせ、その枕元でお母さんと昼頃まで話し込みました。父親は暴力団員だったこと。彼が三歳の時に暴力団同士の抗争で殺されたこと。それからは親子二人で生き抜いてきたこと。貧しくても幸せな親子だったことも聞きました。

でも、マサフミが小学校五年生になった八月に、お母さんが病気で倒れ寝込んでしまいました。そんなお母さんの面倒はマサフミが見ていたといいます。お金が払えず電気もガスも止められた状況で、コンビニやお店を回り、廃棄処分のお弁当などをもらって飢えをしのいでいたそうです。
九月になって学校が始まると、給食の余ったパンや牛乳を「犬にやるから」といって給食のおばさんからもらい、二人は生き抜きました。

そんな中、心ないいじめに遭っているマサフミを助けてくれたのが、同じアパートに住む暴走族のお兄ちゃん。マサフミはその暴走族に入り、非行の道をまっしぐら、シンナー乱用へと落ちていったそうです。

出会った翌日からマサフミは私の家で暮らし始めました。

一週間から一〇日ほど私とともにシンナーなしの暮らしができるようになると、「お母さんが寂しがっているから」といって家に帰ります。でも、家に戻れば、またシンナーを使ってしまいます。こんな生活を二ヵ月以上繰り返しました。どうしてもシンナーの乱用をやめることができません。

忘れもしません、六月二四日のことです。夜九時頃、私の学校に訪ねてきたマサフミはこう宣言しました。

「俺、水谷先生じゃ、シンナーやめられない！」

そして、私に新聞の切り抜きを見せながらいったのです。

「先生、ここに書いてあるこの病院に連れてってくれよ。シンナーやドラッグをやめられないのは、依存症という病気で、専門の病院で治療しなくちゃ治らないんだって。先生じゃ無理なんだ」

マサフミのこのひと言に、私は深く傷つきました。裏切られたような気がしたからです。「こんなに面倒を見ているのに、こいつは何なんだ！」怒りが私を曇らせました。そして、この日は冷たくあしらってしまったのです。

「今夜、先生の家に行ってもいいだろ？」とまとわりつくマサフミに、

「今日は警察との公開パトロールがあるからだめだ」と嘘をつき、帰宅させました。エレベーターホールまでの長い廊下をとぼとぼ歩き、途中で何度も振り返るマサフミ。最後の振り向きざまにこう叫びました。

「水谷先生、今日冷てぇぞ！」

これが、私が聞いたマサフミの最後の言葉になりました。償っても、償っても、償いきれない。私が一生涯背負っていかなくてはならない重い言葉です。

翌朝、マサフミは亡くなりました。事故死でした。シンナーを多量に使っていたため、対向してくるダンプカーのヘッドライトが何か美しいものにでも見えたのでしょう。その光を手で掴《つか》むようにして、ダンプカーの前に飛び込んだそうです。

まだ覚えています、お母さんと二人でマサフミのお骨を拾った時のことを。長年にわたるシンナーの乱用でマサフミの骨はボロボロ、お骨はほとんど拾えない状態です。その中でたった一つだけあった一〇センチぐらいのお骨をお母さんとともに拾おうとしましたが、箸《はし》でつまむと崩れてしまいました。その瞬間、お母さんが、「シンナーはうちの子を二回殺した。一回は命を。二回目は骨まで奪った！」と泣き叫びました。この叫び声を今も忘れることができません。

この声に、私はもう何が何だかわからなくなりました。誰かに肩を叩かれて我に返ると、お母さんと私は素手でマサフミの灰をかき集めながら握りしめ、骨壺に入れていました。

マサフミは私の持ったことのない兄弟、弟だったような気がします。育った環境がお互いに母子家庭のせいかもしれません。

マサフミのお母さんとはその後も連絡を取り合っています。お母さんは再婚しました。相手はとてもまじめな大工さんです。そして、今でもマサフミの笑顔の写真とともにその遺灰を部屋の片隅に置いています。

マサフミは私が最初に殺してしまった子どもであり、私の人生を薬物との闘いに捧《ささ》げるきっかけを作った少年です。

この事件後、自分にはもう教員生活を続ける資格があるとは思えませんでした。教員を辞めようと決心して荷物をまとめていた時、マサフミが最後の日に置いていった新聞記事が目に留まりました。

「教員を辞めてしまったら、もう相談できないかもしれない。そうだ、教員の肩書があるうちに相談に行き、もう一度自分の犯した過《あやま》ちを整理しておこう」と、彼の死のちょうど一週間後、記事に紹介されていた横浜のせりがや病院へ向かいました。

病院では院長先生が対応してくれました。私が話し終わるのを待って、院長先生が放った言葉を、私は一生涯忘れることができません。

「水谷先生、彼を殺したのはあなただよ。

いいかい、シンナーや覚せい剤などのドラッグをやめることができないのは依存症という病気なんだよ。あなたはその病気を愛の力で治そうとした。しかし、病気が愛の力や罰の力で治せますか。たとえば、四二度の高熱に苦しむ生徒を自分の愛の力で治してやると抱きしめて熱が下がりますか。あるいは、お前の根性がたるんでいるから高熱が出るんだと殴って熱が下がりますか。病気を治すために、私たち医師がいるのです。無理をしましたね」

この言葉に、私は目から鱗《うろこ》が落ちたような衝撃を味わいました。

そんな私の姿を見た院長先生はいってくれました。

「水谷先生、あなたはとても正直な人だ。教員を辞めようとしているでしょう。でも、辞めないでほしい。これからも彼のようなシンナーやドラッグの魔の手に捕まる若者はたくさん出るでしょう。それなのに教育に携《たずさ》わる人でこの問題に真剣に取り組んでいる人はほとんどいません。ぜひ、協力して一緒にやっていきませんか」

これが、私とドラッグとの闘いの出発点です。

別離

私がもの心ついた頃には、もうすでに父はいませんでした。しかも、父の写っている写真はすべて母が処分したため、顔も姿も見た覚えがありません。だから、父の存在そのものを知らないだけでなく、面影すらもありません。

でも、遠い記憶の彼方《かなた》に、誰かに背負われてお祭りに行き、当時は高価だったバナナを買ってもらい、その背中で食べていた思い出があります。

母一人子一人だった私は三歳の時、母からも離れ、東北・山形の寒村で祖父母と暮らし始めました。祖父母の家は古く、冬には屋根の隙間から雪が吹き込んで来ます。寝る時はいつも祖母の胸に顔をうずめ、安心したように眠っていたそうです。

私は上野駅が苦手です。今でも、できる限り上野駅には近寄りません。

昔は上野駅の一八番ホームといえば、毎年三月末になると、東北の中学校を卒業し京浜工業地帯の工場で働くために上京した多くの勤労青少年たちが、不安に震えながらも夢を抱えて、初めて東京の地に降り立った場所です。

そして、ここは、まさに三歳の私と母が離れ離れになる旅路の出発点でした。「おじいちゃんとおばあちゃんに会いに行こうね」といわれ、母と乗った初めての列車。その旅が楽しみではしゃいでいた何も知らない私。八年もの長い年月、このホームに戻れなくなるとは思ってもいませんでした。

母にはとてもつらい選択だったと思います。母は横浜で教員をしていましたが、幼子を抱えた母子家庭では一緒に暮らすことはできませんでした。当時の母の給料は六〇〇〇円、その半分の三〇〇〇円を毎月仕送りしてくれました。祖父母から「お前は三〇〇〇円だよ」といわれたことを覚えています。

貧しい暮らし。そして、ただ貧しいというだけでなく、親と暮らせない「ワケありなよそ者」という烙印も押されました。

そんな私は、幼い頃からまわりの人の顔色をうかがい、少しでも好かれよう、少しでもいい子に思われようと、背伸びを重ねて生きていました。

でも、いつも一人です。世の中はおかしなものです。無理は自分に鎧《よろい》をまとわせます。無理を重ねれば重ねるほど人は避けるようになります。そして、いい子を装えば装うほど孤独感に苛《さいな》まれます。

子どもの頃の私と母は「七夕《たなばた》親子」でした。これは、母がつけてくれました。私を抱きしめ、

「私たち親子はね、今は七夕のお星様の彦星と織姫様みたいに一年に一度しか会えない。でも、だからこそ愛がいっぱい育っていくんだよ」と自分に言い聞かせるようにつぶやく母。そして、

「必ず一緒に暮らせるようにするからね。いい子にして待っているんだよ」とつけ加えることも忘れません。

一年に一度、夏休みのお盆の頃に一週間ほど、母は私のいる山形へと戻ってきまし

た。おみやげは、当時は珍しかったチョコレート。それに、母の生徒たちの着古したお下がりの洋服でした。

きれいにお化粧して都会の匂いのする母を、私は村中連れ歩きました。「お母さんはいる。僕にもこんなに素敵なお母さんがいるんだ」と、いつも私をのけ者にする人たちへ精一杯の見栄を張りました。

片時も母から離れませんでした。夜は一つの布団で、母の体をしっかりと抱きしめ、母の胸に顔をうずめて眠りました。でも、楽しい日は瞬《また》く間に過ぎます。母が去る日が来るのが怖かった。

別れの日は、無情にもやってきます。いつも近くの駅まで見送りに行きました。母は一車両しかない列車の一番後ろの席に座ると、窓を開けてくれます。私は窓越しに母の手をぎゅっと握り、列車が動くまで決して離しません。二人とも声には出さないけれど、涙が次から次へと頬を伝わりました。

列車が動き始めると、私は母の手を離し、列車の動きに合わせて懸命に走ります。最後はホームを飛び降りて、母の乗った列車を息が続く限り追いかけました。「お母さん、お母さーん！」と叫びながら、大きく手を振り追いかけました。見わたす限り続く田んぼの向こうに列車が消えると、一人大声で泣きながら戻りました。

この日から、母のいない一年がまた始まりました。

母は月に一回、ひらがなだけで書いた私宛の手紙を送ってくれました。一九六〇年当時、電話はほとんどの家にありません。だから、母との交流は手紙だけでした。中には手紙のほかに、切手を貼った封筒とまっさらな便箋《びんせん》が入っていました。最初は、字が書けないので絵を描いて送っていましたが、祖父から文字を教わり四歳で手紙が書けるようになりました。

小学校に入学した私は勉強に励みました。勉強にはお金はかかりませんし、親がいないからといって成績を左右されることもありません。だから、貧しい私にとって、まわりのみんなと対等に勝負し勝つことができるのは勉強だけでした。また、よい成績を取って母を喜ばせたかったこともあります。

そんな私が着ている服は都会の子どもたちのお下がりでしたから、田舎《いなか》では派手でどうしても目立ってしまいます。半ズボンを履いたのは、村では私が最初でした。まわりから見れば、テストの点数にこだわる派手な服装の貧相な嫌な奴だったと思います。この成績や服装が私をますます孤立化させせました。

この頃、私はたくさんの嘘をつきました。

「僕のお母さんは横浜にいて、とても金持ちなんだぞ。もうすぐ迎えに来てくれるんだ」つけばつくほど哀しくなる、つけばつくほど孤独になるむなしい嘘でした。

だから、今でも私は嘘つきの子どもが愛おしい。子どもの嘘には哀しみがちりばめられていると知っていますから。多くの夢が込められていると気づいていますから。

夢見る「ほら吹き」

二三年前の七月、「ほら吹き雄也」と呼ばれる暴走族の少年と知り合いました。雄也は一六歳、高校には入学しましたがすぐ退学。横浜で最大といわれた暴走族の一員となりました。

この暴走族のリーダーが私の教え子だったため、当時の私は、彼らの集会に頻繁に顔を出していました。顔を見せることでいつか解散につなげられたら、という切なる願いです。

そんなある日の集会で、私に絡んできたのが雄也でした。

「帰れよ。俺の親父《おやじ》はなぁ、有名な極道だ。お前なんか、すぐバラせるぞ」

威勢のいい啖呵《たんか》を切りました。

「俺はなぁ、小学生の頃からボクシングやってる。おい、勝負するか。お前なんか地面にはいつくばらせてやるぞ」

「こないだも、逆らった奴のあばらを六本折ってやった」

「おい、お前ビビッてるのか、かかってこいよ」

「俺はなぁ、先公だけでもう何十人も絞めてんだぞ」

次から次へと止まらない言葉に、

「おい、雄也よせ」「雄也、この人はただの先公じゃない。俺たちの味方だ」

私のことを知っている連中が何をいっても、調子に乗った少年は絡んできます。

「笑ってんじゃねぇよ！　てめぇ、なめてんのか！」

幼くてかわいく、心に残る少年でした。


数日後、その暴走族のリーダーに用事があり、会うことになりました。用件を済ませた後、何となく雄也の話題になりました。雄也は仲間内でボロクソにいわれていました。

「先生気にするなよ、あいつは嘘つきだから。親父もいろいろ変わるよ、ちょっと前は警察官、その前は極道で、社長ってこともあったな。あいつのいうことはみんな嘘、口だけなんだ。誰も相手にしないよ」

次から次へとそんな陰口ばかり。でも、最後に少しだけ救いのある言葉を聞くことができました。

「あいつは嘘つきでほら吹きだけど、なぜか憎めない。仲間のことを大事にしてるからかな。この前もマッポから逃げる時、体張ってみんなをかばったんだ」マッポとは警察官のことです。

次に雄也に会うまでに、時間はかかりませんでした。

数日後、ある中学校で講演を頼まれた私は、早朝に横浜のはずれを車で走っていました。たまたま通りかかったバス停で雄也を見かけました。そばには白い杖を持った女性がいて、雄也はその人を守るように立っていました。

近くで車を止めた私は、運転席の窓を開けて雄也に話しかけました。

「覚えているかい。水谷だよ。こんなに朝早くからどうしたの？」

私の声を聞いた雄也は、すぐに自分の唇に右手の人差し指を縦に当てました。焦《あせ》っている様子を見て、私は車から降りました。

「母ちゃん、俺の学校の先生だよ。待ってて」

連れの女性にそういった雄也は、私のところまで走ってきました。

「水谷先生、焦らすなよ。俺が学校を辞めたこと、母ちゃんは知らないんだ。それに俺が族をやってることも」

と小声でいいました。

「大丈夫。何もいわないよ。それより、駅まで行くんだろ？　お母さんと車に乗りなさい。送るよ」

二人は後ろのシートに並んで座りました。母親は、私を彼の学校の教員と勘違いしていました。

「いつもお世話になっています。この子は調子ばっかりいいんですが、根は優しい子です。よろしくお願いします」といって、恐縮している様子です。

「いい子ですよ。任せてください」

私まで調子に乗って答えていました。

母親を駅に送った後、雄也にいいました。

「雄也、今日はつき合え。これから中学校で講演なんだ。まずは私の講演を聞いてごらん」

有無をいわさない私の口調に、雄也は一つうなずきました。一時間半の講演を雄也は顔をクシャクシャにして泣きながら聞いてくれました。会場から出る時、私は思わず雄也の肩を抱きしめていました。

帰りの車の中で、雄也はいろいろ話してくれました。お母さんは生まれつき目がまったく見えなかったこと。二一歳の時に乱暴されて妊娠したこと。家族や親戚から中絶するよう迫られたのに、「命はかけがえのない大切なもの」といって家を出、雄也を出産したこと。そして、あふれるばかりの愛を注いで育ててくれていること。私は聞いていて胸がジーンとなり、幸せを感じました。

「先生、うちの母ちゃんすごい人なんだ。生まれてこなけりゃよかったかもしれないこんな俺を大事に育ててくれたんだぜ」

「俺、母ちゃんを世界一幸せにするんだ。でっけぇ家に住んでさ、お手伝いさんもつける。今までの苦労なんか全部吹き飛ばしてやるんだ」

次から次へと素敵な言葉が、雄也の口からあふれ出しました。

これらの言葉は、母親の愛の深さを語っていました。そして、雄也の本当の優しさも代弁しています。

その日から雄也は、私のかけがえのない生徒の一人になりました。

それでも、雄也はものすごい嘘つきでほら吹きでした。

「先生、母ちゃんが交通事故で入院した。ちょっとの間、金貸してくれ」

「先生、ある会社の社長が、俺のことを気に入ってくれた。雇ってくれるってさ。給料も高いんだぞ。給料もらったら先生にごちそうするよ」

「暴力団の組長が、俺のこと気に入ってくれて、跡継ぎにしたいっていうんだ」

すぐにバレる嘘を次から次とつきましたが、なぜか憎めませんでした。

知り合って半年後のある日、突然、雄也の母親から電話がありました。

「先生、雄也が、雄也がバイクの事故で……」

後は言葉にならず、電話口からは嗚咽《おえつ》だけが聞こえます。この瞬間、私は雄也が亡くなったことを知りました。


この日、仲間たちと集団暴走をしていてパトカーに追われたそうです。雄也は一人おとりとなってパトカーを引きつけ、逃げる途中にカーブで転倒し、ガードレールに頭を叩きつけ、即死でした。


雄也の寂しい通夜《つや》の後、遺体を前に、私は雄也の母親と話しました。

「あの子はねぇ、先生。こうしたい、ああなりたいっていう夢を、こうなったよ、あなったんだって、人にゆっちゃうんです。夢であって、本当は実現なんかしないのに。だから、あの子は学校でも嘘つきとかほら吹きといわれて、いじめられていました。

でもね、先生。そんな夢でもほらにして吹かないと、貧しい、目の見えない母親を持ったあの子には耐えられなかったんですよ」

淡々と話すお母さんの言葉は、私の心に染み入りました。私はいっていました。

「お母さん、雄也は嘘つきやほら吹きなんかじゃない。夢吹きです。彼が生きていたら、きっといってたことをすべて実現していましたよ」

ブランコの少女

哀しい思い出です。

一一年前のある冬の夜、公園で一人ブランコに乗る少女と知り合いました。ごく普通の服装をしたごく普通の中学二年生。なぜ、こんな子が夜の公園に？

ブランコから降りることを渋る少女を説得して車に乗せ、自宅のアパートまで送っていきました。

ところが、アパートの前に着いても、少女は車から降りようとしません。車のドアを開けようとする私の手を少女は押さえながら、「あの部屋の電気が点くまで待ってください」というのです。私には何が何だかわかりません。でも、哀しそうな少女の想いを受け止め、ただ車の中で待ちました。

そして、部屋の電気が点いても、少女は動きません。私は少女がしくしく泣きながら手を震わせている様子を見て、何も問うことができず、一緒にシートに座っていました。少し経って、アパートのあの部屋のドアが開き、一人の男が出てくるのが見えました。男は足早に私たちの車の横を通り過ぎました。

その男の姿が遠ざかると同時に、少女は大きな声で泣き始めました。この時、すべてがわかりました。

ボロボロの木造アパートに暮らす少女は、母の愛人が部屋にいる間は外で待っているしかなかったのです。

私はそのまま、少女を近くにあったファミレスに連れていきました。この子にせめて何かおいしいものでも食べさせてやりたい。それぐらいしか、私には思いつかなかったのです。

二人で黙ってスパゲティーを食べました。

私がボソッと

「先生もブランコが大好きなんだ」というと、少女は目を輝かせました。

「ブランコっていいですよね。明日に連れてってくれる気がするから。でも、すぐに現実に戻されちゃうけど。だからいっぱい漕《こ》ぐんだ」と答えてくれました。
哀しみの中で生きる少女の想いが、私の心に届きました。

少女はその後、私の大切な生徒の一人になりました。今は横浜のデパートで店員として働いています。ご主人と二人の子どもたち、そして、お母さんと一緒に暮らしています。

ブランコが哀しい過去と明るい未来をつないでくれたのかもしれません。

思い出

私の思い出のブランコは、山形の寒村で過ごした時代にあります。

祖父母の元に預けられた私はよそ者ですから、友だちができません。そんな私の唯一の友だちは、村の真ん中の広場にあった大きな木に板をロープで吊るしただけの手作りブランコです。でも、子どもたちが遊んでいる昼間は、ブランコに乗るのはもちろんのこと、触ることさえ許してもらえません。ワケありの私は、仲間として認めてもらえませんでしたから。

そこで子どもたちが家に帰る夕方を待って、私は毎日のようにこの広場に出かけていき、ブランコに乗りました。

まだ幼くて体の小さな私には、座った姿勢ではブランコを大きく揺らすことができません。だから、ブランコに立って漕ぎました。膝を大きく曲げて思いっ切りしゃがみ、次に膝を伸ばして体を精一杯突っ張る。これを何度も何度も繰り返して、空に飛び出しそうになるほど、ロープが地面と水平になるまで漕ぎました。

そして、目を閉じ、遠い横浜にいる母のことを思いました。

私が暮らしていた土地は盆地で、周囲を山々に囲まれていました。だから、大きく漕いでブランコがあの山々を飛び越せば、恋しい母に会えるかもしれない。ブランコが優しい母の待つところまで自分を運んでくれるかもしれない。幼い私にはそう思えたのです。

でも、当然のことながら、かなうはずのない夢です。漕ぎ疲れた私は重い足を引きずるようにとぼとぼと、祖父母の待つ家へ戻りました。

貧困

小学校時代、私は遠足が大嫌いでした。遠足にはお弁当を持っていかなくてはなりませんから。でも、祖父母にはおかずの入ったお弁当を作ってくれるほどの余裕がありませんでした。塩か味噌をつけたおにぎりだけ、これが私の遠足のお弁当です。

子ども心に、それならいっそないほうがいいと考え、私は祖父母に嘘をつき、お弁当を持っていかないことにしました。

本当なら楽しいはずのお昼の時間は、同じようにお弁当を持ってこられない事情のある子たちと、みんなから離れたところで草の上に寝転びました。空を眺め、浮かぶ雲を見ながら「あの雲はコッペパン。僕のだぞ」と、雲を食べ物に見立てて過ごしたりしていました。

思えばあの時代、私にとって空腹を抱えていることは日常でした。私が腹一杯食べてしまえば、祖父母の食べる分が減ってしまいます。だから、家族三人がお互いを思いやりながら、おなかが一杯という顔をして遠慮しながら食べていました。

貧しさを実感したのは運動会も同じです。

当時の運動会といえば、村のお祭りと同じくらいの大イベント。大人たちは重箱に入ったごちそうを持って集まり、お酒を飲みながら子どもや孫の応援をしました。祖父母も精一杯の無理をして、当日は卵焼きや煮物、巻き寿司を作ってくれました。でも、よその家のお弁当のような牛肉も鮭も入っていない質素なものです。

しかも親子競技に至っては、ただ一人、年老いた祖母と参加しなければなりませんでした。それでも、子どもの私にとって運動会は心の弾むものでした。

運動会では、頭と足下にも思い出があります。

子どもは赤組と白組に別れ、額《ひたい》にはちまきをつけて戦いました。はちまきはそれぞれの家庭で手作りです。私は一度だけ赤組になりました。この時は、祖母が使っていた赤い腰巻きをほどいてはちまきを作ってくれました。私はその赤いはちまきをつけるのが恥ずかしかったことを覚えています。

そして、子どもたちは白い足袋《たび》を履いて走ります。でも、私をはじめ貧しい家庭の子どもは、白い足袋を買ってもらえるようなお金の余裕がありませんから、裸足《はだし》で走りました。

今も、子どもたちの足下の真っ白い足袋が校庭を駆け回っている光景が鮮やかによみがえります。

足下でわかる貧しさ、寂しくつらい体験です。

孤独を生きた少年

何年か前、「夜回り」で一人の一九歳の少年と出会いました。しとしとと降り続く雨の中で、彼は歩道橋の下で段ボールと毛布にくるまり寒さに震えていました。

私が声をかけると、「向こうへ行け！」と怒鳴り、にらみつけてきました。私はこの少年のことが気になり、立ち去ることができずに哀しい目で見つめていると、少年は突然立ち上がろうとしました。その瞬間、激しく咳《せ》き込み、白い泡を吐きながら倒れてしまったのです。何かの病気の発作のようです。すぐに救急車を呼び、病院に搬送しました。

少年が意識を取り戻したのは朝方でした。

病室の窓から、どんよりとした重たい雲の切れ間を縫うように弱々しく差し込む朝日を見ながら話をしました。彼は親に捨てられた子どもでした。

少年が三歳の時に母親が家を出、それ以来、板前の父親と二人暮らし。父親が仕事中はいつも一人ぼっちだったといいます。その父親も少年が中学を卒業すると同時に再婚し、相手の暮らす家へ行ってしまいました。

少年は東京の寿司屋に住み込みで就職しましたが、喘息《ぜんそく》の発作がたびたび起こるため、ついに馘《くび》を告げられたそうです。仕事も住む家も失った少年は、すぐに所持金も底をつき、路上生活の始まりです。

母親や父親への恨み言一ついわず、淡々と自分のことを話す少年の姿を見て、私は泣きました。

退院を待って、生活保護の手続きを取りました。少年はアパートを借りられ、初めて自分の城といえるものを手にし、何もないがらんとした部屋で一人暮らしをスタートさせました。

紹介された郵便配達のアルバイトをして、貯めたお金で生活に必要な道具や器具を少しずつ買い揃えていきました。

暮らしに必要なものが揃い、少年の部屋にやっと生活の香りがするようになった頃、恋人ができました。相手は暑中見舞いの仕分けのアルバイトで入った高校生です。かわいい初恋でした。一度日曜日に招待されて、彼の部屋で三人で食事をしました。私の前でぎこちない態度の二人は、ほほえましかったです。

翌年、少年は成人式でした。自分で貯めたお金でスーツを買い、私はネクタイをプレゼントしました。私からネクタイの結び方を習いながら

「先生、俺でも幸せになれるんだね」と満面の笑みを浮かべていました。

少年の恋人から電話をもらったのは、成人式の朝でした。

「先生、死んでる。彼が死んでる！」という彼女の叫び声を聞き、すぐに少年の部屋に向かいました。

この日の早朝、少年は持病の喘息の発作で亡くなりました。着るのをあんなに楽し

みにしていた、あのスーツとネクタイが壁にきちんとかけられている下で、息絶えていたのです。

少年は地元の共同墓地に埋葬されました。

今でも私は、成人式の日か翌日には少年の眠る墓地に行きます。でも、私より前に来て、毎年お花を供えてくれる人がいます。

家族離散

もう二一年の時が流れました。

間取りは六畳二間と四畳半のキッチン。そんな横浜の市営住宅に一四人で暮らす家族がいました。母と一一人の子どもたち、そして上の二人の娘が産んだ二人の赤ちゃんです。

その家族の一人、当時中学三年生の三女と知り合いました。この三女は今、私の近くで生きています。でも私は、結果として残りの一三人を見捨てました。

その年の七月末の夕方、私は横浜の伊勢佐木町にあるデパートの地下食品街にいました。この日は夏休みでも出勤日で、同僚の先生たちからも頼まれて夕食用の弁当の買い出しです。食品街では日本各地の駅弁の販売会が行われていました。

私が駅弁を注文していると、突然、一人の少女が近くを駆け抜けました。手には紙袋が握られています。しかし、少女はエスカレーターの近くで店員に捕まり、両腕をつかまれてしまいました。この時、抵抗する少女の紙袋から数個の駅弁が飛び出しました。

汚れたボロボロの中学校の制服を着て「ごめんなさい、ごめんなさい」と謝る少女。その少女を店員たちは裏へ連れていこうとします。この姿を目にした私はそばに行き、店員たちにいっていました。

「勘弁してやってください。弁当のお金は私が払います」

腕を離されて自由になった少女はしゃがみ込み、落ちている弁当の蓋を開け、顔を近づけてその蓋をペロペロなめたのです。このあまりにも異様な光景に驚いている店員たちを促《うなが》し、私は支払いを済ませました。

「大丈夫、持って帰れるよ。お金を払ったから、弁当は君のものだよ」と少女にいい、私は自分の買った弁当の支払いも終わらせ、少女とデパートから出ました。

これが美晴との出会いです。美晴の家は私の学校の近くだとわかり、送っていくことにしました。

「親にはいわないで、お願い」と美晴は何度も念を押しました。

「大丈夫、絶対いわないよ」、私は約束しました。

美晴は市営住宅の五階に住んでいました。

二つの部屋だけでなくキッチンにまで布団が敷かれています。そして、キッチンだけでなく部屋中に食べ終わったカップラーメンや弁当の容器が散乱していました。

さらに驚いたことに、部屋からあふれるほどたくさんの子どもたちが、こちらをじっと見ています。一人、二人、三人……、私は途中で数えるのをあきらめました。

美晴が弁当の入った紙袋を見せると、あっという間に子どもたちが弁当を奪っていきました。そして、奥の部屋の真ん中に寝ている女性のまわりに集まりました。子どもたちはその女性に代わる代わる自分の弁当を食べさせると、自分たちも食べ始めます。

さらに奥には、乳飲み子を抱いた二人の少女もいました。

寝ていた女性は美晴たちの母親でした。母親は私の姿を見るとヨロヨロと起き上がり、キッチンを片づけ、私のために座れる場所を作ってくれました。

母親の身の上話は、私にはきつかった。

母親は親に捨てられた孤児でした。施設から小中学校と当時の特殊学級（特殊という言葉が誤解される可能性があるため、現在は特別支援学級と呼ばれることが多い）に通っていたそうです。そして、中学校卒業後に勤めた会社で知り合った男と同棲しましたが、子どもができたとわかったら捨てられ、それからは生活保護と売春で生きてきたことなどを話してくれました。

母親は、一番上の娘が生まれてから一八年間、妊娠している時ですら街角に立って売春を続け、次々と生まれる子どもたちを育ててきました。だから、一一人の子どもたちの父親はすべて異なり、しかも、どこの誰かもわかりません。母親には避妊の知識がありませんでしたし、誰からの助けもなかったのです。

ところが二年前に母親が病気で倒れてしまい、街角に立つことができなくなりました。それからは最初に長女、次に二女が売春することで得たお金で家族を養ってきたそうです。そして、この二人にも誰の子どもかわからない二人の赤ちゃんが生まれました。

でも、姉二人は、美晴が売春することを決して許しませんでした。兄弟の中で一番勉強ができる美晴は、この家族の希望の星でした。美晴だけは高校へ行ってほしい。それが姉二人の夢。どこまでもどこまでも、愛し合っている家族です。

私は教員としていろいろな生徒の家を訪問してきましたが、こんなにみんなが一つになっていたわり合う家族は見たことがありませんでした。

私は母親を説得しました。美晴のためにも他の子どもたちのためにも、入院して病気を治してほしい。病気が治ったら、私が就職先を探すので、家族みんなで一から人生をやり直してほしいと頼みました。その間、子どもたちはそれぞれ施設に預けることになるが、美晴については、本人が望めばわが家で預かってもいいことも伝えました。

「子どもたちには私がついてます。安心して病気を治してください」

私のこの言葉を信じ、母親は了承しました。今思えば、私はいたわり合う家族をバラバラにしてしまったのです。


母親は病院へ入院、長女と次女は赤ちゃんたちとともにそれぞれ母子寮に。それ以外の子どもたちはいくつかの施設に分散して預けられました。美晴は本人の希望で、通っていた中学校の学区内にある施設に一人で入所しました。

美晴の施設が私の高校の近くにあったことから、私たちは頻繁に連絡を取り合っていました。なぜだか気が合い、自分の娘のように思えることもありました。


その二ヵ月後の深夜、美晴から電話がありました。ただひと言、

「お母さん、死んじゃった……」

後に続く言葉はありません。私は病院へと車を飛ばしました。

母親は容態が急変してその日の夕方に息を引き取ったため、子どもたちは誰一人、母親を看取ることはできませんでした。病院の霊安室では、白い布に顔を覆われた母親のまわりに、一一人の子どもたちが目を真っ赤に泣き腫らして立っていました。二人の赤ちゃんは、母親たちの胸の中でスヤスヤ眠っていました。

「許してください……」

私は、胸の上に組まれた母親の手を両手で握りながら、何度も謝りました。

簡素な葬儀が終わると、子どもたちはそれぞれの施設に戻っていきました。子どもたちにはそれしか生きる道がありません。

その後、美晴の姉二人は行方不明に。赤ちゃんを施設に残して男の元へ走ったそうです。兄弟たちの多くも、中学を卒業して施設を出た後は行方不明になってしまいました。

美晴は運送会社に勤務する青年と結婚し、一児の母です。時々元気な声で電話をくれます。美晴の元気な声を聞くたびに、私の心はうずきます。なぜなら、あんなにいたわり合っていた家族を、私の想いだけで壊してしまったから。

幸せとは、ここにもあそこにも、どこにでもあるもの。
昨日も今日も明日でも、想えばいつでも手に入るもの。
人によって、時によって違うもの。
でも、人に押しつけてはいけないもの。

美晴の家族たちから、このことを学びました。

初恋

小学校五年生の春、私は淡い恋をしました。

相手は村一番のお金持ちのお嬢さん。その年の彼女の誕生会に招待されました。私にはプレゼントを買うお金などありませんから、祖父が作っていた野菜と野に咲く花を摘んで持っていきました。

案内された応接間には、初めて見るきれいな応接セットと黒く光るピカピカのピアノが置かれていました。まぶしかったです。

一緒に招待された同級生たちは、きれいな紙に包まれリボンのかかったプレゼントを順番に手渡しました。いよいよ私の番です。下を向きながら、手作り野菜と野の花束をそっと差し出しました。

その時の彼女の言葉「ありがとう。すごくうれしい！」。このひと言で、私は天にも昇る心地になったのを覚えています。そして、いつか彼女と結婚してダイヤの指輪をプレゼントしようなどと、妄想のような夢が膨らみました。

次の朝、いつものように教室に行くと、黒板には相合い傘の絵の下に彼女と私の名前が書かれていました。私は「これ書いたの、誰だ！」と怒ったふりをして、このいたずら書きを消しました。恥ずかしかったけど、本当はうれしかった。

人生で味わう初めての幸福感です。彼女は私の太陽でした。哀しい時も寂しい時も彼女の名前をつぶやくと幸せになりました。初めて知った恋、胸のときめきです。

私は、彼女の家で初めてテレビを見て、初めてピアノに触り、たくさんの本を借りて読みました。

彼女のお父さんは私の母の同級生です。だからきっと、私のことが気になり、陰ながら見守ってくれていたのだと思います。

恋のはからい

恋は不思議なものです。人の心を焼き尽くし抜け殻のようにしてしまうことがありますし、道を誤った人生のやり直しのきっかけになることもあります。

私は幼い頃の苦い経験から、恋を嫌いになりました。しかし、ある青年を通して恋の力を見直しました。恋もたまにはいいことをします。

一五年ほど前、東海地方に暮らす二一才の青年から電話が来ました。

「水谷先生ですか。少年院で先生の本を読みました。俺、覚せい剤で捕まりました。少年院にいる時は、絶対覚せい剤をやらないって決めてたのに、出所して一週間も経たないうちにやってました。どうしたらやめられますか？」

青年の切実な声が響いています。その一ヵ月後、私は東海地方の高校で講演をする予定がありました。

「まずは、覚せい剤を一ヵ月やめてみよう。使いたくなったら、私に電話すること。

いいね？　そして一ヵ月後にある私の講演を聞いてごらん」彼と約束をしました。

約束の日、その高校へは横浜から車で向かいました。家を朝四時に出発、午前八時過ぎには高校の校門をくぐりました。電話の主・貴之は、すでに来ていました。

私たちは連れ立って校舎の玄関に向かいました。出迎えてくれた教員たちは、私たちを見て目を見張っています。スーツ姿の私に対して、貴之は茶髪、Tシャツに半ズボンのラフなスタイル、足下を見ればサンダル履き。しかも、目には覚せい剤乱用者特有の充血が認められます。

案内された校長室で、私は貴之に質問しました。

「最後にシャブ食ったのはいつだい？」

貴之は嘘をつきませんでした。

「二日前です。でも、先生助けてください。やめたいんです！」

校長先生は驚きを隠せない様子です。覚せい剤の乱用者と初めて間近で対面したせいでしょう。でも、肝の据わった立派な先生でした。私が、「校長先生、生徒たちと一緒に彼にも講演を聞かせてやっていただけますか？」とお願いすると、

「どうぞ、喜んで。この子も私たちの大切な生徒です」といってくれました。

私は万一、迷惑をかけるようなことがあってはいけないと考え、舞台の袖に彼の席を作ってもらいました。

貴之は食い入るような目つきで、一時間半にわたる講演を聞いていました。講演が終わると、私の横に来て、

「俺を先生の生徒にしてください！」といって、真剣な顔と声で迫りました。

「いいよ、当然だ。私の講演を聞いた以上、もう君は私の生徒だよ」そう声をかけると、初めて安心したような笑顔になりました。

「俺、先生って奴が大嫌いだった。俺をここまで追い込んだのは先生なんだ」そういって、帰りの車中でこれまでのことを話してくれました。

貴之は小学校と中学校を通して野球少年でした。中学の時は全国大会にレギュラーとして参加した経験があります。スラッガーとしての能力を高く評価され、高校は地域で最も甲子園に近いといわれる私立校に野球推薦で入学しました。

この高校で、貴之は一人の教員と出会いました。

その教員はいつも片手に竹刀《しない》を持ち、生徒たちに威圧感を与えることで支配しようとする人でした。一方の貴之は、自分が正しいと思ったことは最後まで筋を通す人間で、自分が納得のいかないことはとことん突き詰めようとするタイプです。

二人の性格が大きく違うことが災《わざわ》いしました。貴之はことあるごとに教員に逆らうような言動を取ることで抵抗し、その教員は自分の支配が及ばない彼のことを目の敵にするようになったのです。

ある日、ついに事件が起きました。貴之はこの教員を殴ってしまったのです。その結果、退学処分に追い込まれました。

大好きな野球ができなくなってしまった哀しみの救いを、貴之は夜の町に求めました。そこで覚せい剤の存在を知り、救いを求めるようになったのです。そんな生活に溺《おぼ》れていた一九歳の時、覚せい剤の所持と使用で逮捕され、少年院に送致されました。ここで私のことを知ったそうです。

この日から、貴之と私の覚せい剤との闘いが始まりました。果てしなく続く苦しい闘いです。

貴之には、私の知人が運営している茨城県にある「茨城ダルク」という薬物依存症者のための自助グループの施設に入ることを勧めました。

でも、だめでした。ちょうどその頃、貴之は携帯電話の販売店で働くある女性に恋をしていたのです。彼女に会えなくなることを理由に、他県に行こうとはしませんでした。正直、私はその女性の存在が憎かった。薬物との闘いに、恋愛は妨《さまた》げにしかならないことを知っていましたから。その間も、貴之は覚せい剤を使い続けました。

しばらくして、貴之がその女性とつき合い始めたことを知りました。私は「これで終わったな。もう電話もかけてこないだろう」と思いました。案の定、貴之からの電話はなくなりました。

あきらめかけていた数ヵ月後、突然、貴之から電話がありました。

「先生、前にいってた茨城県のダルクに入りたい。明日行ってもいいかな」

焦った声が電話から響きました。私は「また警察に追い込まれたな」と直感しました。それでも、すぐにダルクに電話し、入寮を頼みました。あの日、私の生徒にしてくれといった貴之の真剣な眼差しを見捨てることはできませんでした。


しかし、これは私の誤解でした。

覚せい剤をやめようとしながらも、やめられずに苦しむ貴之は、恋人から「私はあなたを待ち続けるから、あなたも覚悟を決めてダルクで覚せい剤と闘ってきて」と説得されたそうです。翌日、貴之は茨城ダルクに入寮しました。

その日、ダルクの友人から入寮を報告する電話がありました。

「水谷先生、一応、来たよ。でも、彼はだめだな。すぐに出て行く。続かないよ」という冷たい声が響きます。でも、私には彼のいっていることが理解できました。貴之は茨城まで彼女に見送ってもらい入寮したそうで、未練タラタラです。薬物との闘いでは、恋という未練が最も邪魔物であることを私は数多くの経験から知っていましたから。

たった一日で、貴之は彼女の待つ町へ逃げ帰りました。こうしてまた、貴之と私の覚せい剤との闘いが始まりました。しかし、今度は彼の元には彼女がいますから、三人で闘うことになりました。

彼はすぐに夜の世界、スナックで働き始めました。

「先生、仕事見つけたよ。スナックだ。知り合いのママの店を手伝うことにした」

彼からのこの電話に、私は、

「貴之、夜の世界に戻ってどうするんだ！　それじゃ、前と同じだろう」と哀しみを込めていっていました。

「違うんだよ、先生！　俺、夜になると覚せい剤を使いたくなる。でも、その時間は働いて、人といれば使わないで済むんじゃないか。そう思ったんだ」

私はすぐに謝りました。彼なりの覚せい剤との闘い方でした。貴之のそばにはいつも彼女がいました。そして、その地方で講演会があると必ずやってきて、真剣な眼差しで熱心に聞いていていました。覚せい剤を使いたくなってどうしようもない時は、私の住む横浜まで会いに来ました。

先日、私は久しぶりに彼の住む町で講演しました。もちろん、会場には彼の姿がありました。彼の横には彼女の姿とかわいい娘の姿も見えます。

貴之は音楽のプロモーターとしての道を歩き始めています。覚せい剤はすでに一三年半まったく使っていません。そんな彼でもこういいます。

「もし、今でも目の前に覚せい剤を出されたら、彼女と娘と先生がいなければ、やっぱり使います。覚せい剤は怖い。この使いたい気持ちと一生闘い続けなくてはならないんですね」

恋もたまにはいいことをします。薬物との闘いを邪魔せず、助けてくれることもあります。

でも、やはりまだ私は恋の力を信じてはいません。恋は薬物より魔物に思えます。

少女救出

二〇年前の秋。

山下公園での「夜回り」を終えた私は、駐車場に停めてある車に戻ろうと歩いていた時、ビルとビルの間にしゃがみ込んで泣いている一人の少女を見つけました。

近づいて声をかけると、少女は泣きながらビルの隙間に潜《もぐ》り込んでしまいます。私は、その前でしばらく自分の話をしました。夜間高校の教員であること、「夜回り」のこと、心配でここから動けないことなどをポツリポツリと語りました。少女が隙間から出てきてくれたのは、朝日が昇る頃でした。

少女の服装を見て驚きました。ビリビリに破れています。彼女に私の上着を羽織らせて、事情を聞きました。

この少女は一六歳。中国残留孤児のおばあちゃんとお母さんの三人で、二年前に日本に帰国したそうです。日本語はまだたどたどしいレベルです。

日本では中学校に通いましたが、いじめられて行かなくなったこと、それからは夜遊びを繰り返してきたことを話してくれました。そして、昨夜も夜遊びをしていたことも。

昨夜は山下公園で素敵な車に乗った男に軟派されたそうです。男のささやく甘い言葉にクラっとなり、男の自宅だというマンションへ行きました。ところが、そこはスタジオでした。部屋には別に二人の男がいて乱暴され、それをビデオに撮影されたというのです。

私は少女を車に乗せ、彼女の記憶を頼りにそのマンションを探すことにしました。「四階建ての白と黒のタイル張りの外装、マンションの前には駐車場あり」。でも、探しても探しても、そんなマンションは見つかりません。

あきらめかけていた時、視界の隅に新聞販売店が入りました。「もしかして……」と一縷《いちる》の望みをかけて、朝刊の配達を終えたばかりの若者たちに事情を説明しました。すると、彼らは手分けしてすぐにマンションを見つけてくれたのです。

その後、私は少女に付き添い、警察に行って事情を訴えました。少女を乱暴した三人はすぐに逮捕されました。彼らの中の一人は大企業のエリート社員です。マンションの部屋からは数千本のビデオが押収されましたが、すべて販売目的のものでした。

その後、少女はお母さんと二人で小さな中華料理店を始めました。そして、店を手伝っていた私の教え子と結婚し、かわいい子どもも三人います。女の子が二人と男の子が一人。男の子は、修と名づけられました。

横浜へ

小学校五年の秋、ついに母とともに暮らせる日が来ました。奥羽本線の夜八時発の夜行列車で、私は山形の寒村を後にしました。

夜の出発にもかかわらず、駅には多くの同級生が自分の宝物を持って見送りに来てくれました。この時初めて、私は多くの出会いを自ら捨てていたことに気づいたのです。自分から心を開いていれば、仲間になれたのに。もう、手遅れでした。別れることで初めてわかった、そしてその瞬間に失ったシャボン玉のような出会いです。

到着した列車に乗り込んだ私は、窓を大きく開けました。そして、列車がたてる轟《ごう》音《おん》に負けないように大声を張り上げて、

「ごめんね、みんなぁ！」と叫びました。

翌朝、私たち親子を乗せた夜行列車は無事に上野駅一八番線ホームに入線しました。八年前に旅立った場所です。ホームに降り立った私は、とにかく人の多さに驚き目を見張りました。見るものすべてが輝いていました。

母が用意してくれたのは、横浜にあるマッチ箱のような小さな家。三畳間ですが、私の部屋もありました。そして、その部屋には、誰かのお古ですが自分専用の勉強机と、生まれて初めて寝ることになったベッドが置いてありました。

でも、その日は母の布団に潜り込み、母の胸に顔をうずめて眠りました。母の都会の匂いがくすぐったかったです。

私は横浜の小学校に転校しました。新しい洋服を着て、新品の運動靴を履き、学校へ行きました。

初めての鉄筋コンクリートの学校、立派で輝いていました。初めての水洗洋式トイレ、使い方がわからず苦労しました。

クラスのみんながキラキラして見える一方で、山形弁を話す自分が何か惨《みじ》めに思えました。

素直に裸の自分を相手に見せれば、誰でも簡単に手に入れることができる出会い。山形の同級生たちとの別れで学んだはずなのに、慣れない都会での生活では、そのことを思い出す余裕もありませんでした。

少しでも自分を大きく見せたくて、少しでもみんなから好かれたくて見栄を張り、失敗。友だちがほしくてつく嘘が、ここでも私を一人ぼっちにしていきました。

姉妹の明日

一〇年前の夏、高校一年生の少女から相談のメールが届きました。三年前からリストカットを繰り返し、今はもうすべてが嫌になったから死にたいという内容です。

すぐ少女に連絡を取り、その週末、私は少女の住む地方都市に飛びました。待ち合わせの場所に現れた少女は、まわりの誰もが振り向くような美しい輝きを放つ子でした。でも、半袖の服から出た両腕は、袖口から手首まで包帯でグルグル巻きです。

昼ご飯を食べながら話を聞きました。

小学生の頃から二つ年上の姉にいじめられているそうです。殴る蹴るといった暴力はもちろん、洋服を切られたり隠されたりといった陰湿ないじめも多いといいます。私が、「お父さん、お母さんは?」と聞くと、「あなたが我慢しなさい」といわれるだけで、まったく取り合ってくれないというのです。そして、「もう、私なんていないほうがいい。死ぬんだ」といいます。

近くの公園で、夕方まで少女を説得しました。何としても家族と会うことが必要だと考えたからです。

その日の夜、尻込みする少女とともに家に行きました。怪訝《けげん》そうな顔で私を迎えたご両親に、少女の苦しみを伝えました。ご両親は苦しそうな顔で聞いていましたが、私が話し終わると、姉を呼びました。

私は部屋に入ってきた姉の顔を見て、すべてを理解しました。姉の顔には大きな痣《あざ》がありました。父親がいいました。

「この子はこの痣で苦しんでいます。でも、下の子は恵まれている。だからこれまで、我慢させてきたんです」

姉妹それぞれの苦しみ、ご両親の苦しみは理解できます。

でも、今の状態は、その苦しみを我慢という形で少女一人に背負わせ甘えているに過ぎないこと。少女を犠牲にすることでは解決しないこと。何より障がいは治らないものだからそれを受け入れて、その上で生き方を作っていくべきだということを伝えました。少女と姉、ご両親も交えて長時間話し合いました。私にとっても、重く苦しい時間でした。

この日以来、姉妹は私の生徒です。今でも喧嘩《けんか》はしているようですが、それぞれが明日を探しています。どんな明日が二人に訪れるのか、とても楽しみです。

嫉妬心

私の母は障がい児学級の教師をしていました。

当時は、障がい児を一日でも預かってくれる施設などありませんでした。母は、関わっている子どもの親たちに事情があれば、いつでも自宅で子どもを預かりました。

母は子どもたちをとてもかわいがり、私におむつ替えの手伝いまでさせました。夜は隣で添い寝もします。

やっと一緒に暮らせるようになった私は、子どもたちに母を取られてしまうようで嫉妬《しっと》していました。

たった一人の大事な母を、たとえ一日でも二日でも私から奪う子どもたちが許せません。

だから、母の見ていないところで、彼らをつねったり蹴ったりしていじめました。

でも、いじめながら自分が惨めになり、布団をかぶって泣きました。憎しみと自己嫌悪が交互に襲ってきます。

そんな夜は、必ず母の布団に潜り込んで寝ました。そして、母の胸に顔をうずめ、「ごめんなさい、いい子になるから」と心の中で謝っていました。

背中のない少年

暴走族のたかしは、仲間たちと私にはとても優しい少年でした。

私たちは、たかしが高校一年の時に夜の町で知り合いました。仲間たちと深夜の横浜駅にたむろしていたのです。顔見知りの連中もいたことから、みんなで朝まで話し込みました。

暴走族の中では「ケツ持ち」がたかしの仕事です。「ケツ持ち」とは、暴走する集団の一番後ろを走り、捕まえようと追いかけてくるパトカーが前に行けないように妨害することです。暴走族の中で最も尊敬される役目です。

たかしには背中がありません。たかしの背中はたばこの火を押しつけられた痕《あと》で一面のケロイドです。

三歳の時に母を失い、それ以降は父親から折檻《せっかん》されまくったそうです。父親の気に入らないことがあると、たかしの背中にたばこの火を押しつける。そんな虐待《ぎゃくたい》の傷痕です。

小学校では、この背中のためにいじめを受け不登校になりました。高校に入学するとすぐに暴走族に入ったそうです。

たかしは学校や社会を斜めに構えて見ながら、非行の道を突き進んできた子です。大人や社会に対する恨みしかありませんでした。だから、警察署の前でこれ見よがしに警察官をあおったり、パトカーを探してわざわざ勝負を仕掛けたり、半端じゃない暴走を繰り返していました。

知り合って三ヵ月後。ある日の午後、たかしが私の学校を訪ねてきました。顔色が真っ青です。

昨日、バイクの上から、歩いていたおばあさんのバッグをひったくり、転倒させてけがを負わせたというのです。この事件はすでに新聞で報道されていたため、おばあさんが重体だということも、私は知っていました。

「警察に自首するから付き添ってほしい」というたかしを連れて、まずは謝罪するため、そのおばあさんの入院している病院に向かいました。自分がしたことの罪の重さを知ってほしかったのです。

病院の集中治療室では治療が続いていました。そして、その治療室の前の長椅子には、小さなおじいさんが一人ポツンと心配そうな顔で座っていました。一目でご家族とわかりました。

たかしはそのおじいさんの前で土下座し、床に額を叩きつけながら、何度も何度も謝りました。いつしか額は切れ、床には血のシミができました。でも、おじいさんが口を開くことはありませんでした。

懸命な治療もむなしく、その後おばあさんは亡くなりました。

この事件でたかしは強盗致死罪で裁かれ、少年刑務所に三年服役しました。

少年刑務所から戻った彼は、まるで別人のようです。野菜市場の仲卸《なかおろし》で働き、その収入のほとんどをおじいさんが亡くなるまで送り続けました。彼なりの償いでした。

それ以来、たかしの仕事がない時は、東京や横浜での「夜回り」を一緒にやってくれます。口癖は、

「先生、もうじじいになったんだから、夜回り引退しろよ。俺たちがやってやるからさ」です。

私は、そんなたかしの姿に成長を感じています。

左翼思想

私が小学校六年の頃、母は左翼的な教師たちの組織に所属していました。学校が休みの日は、字の書けない人たちの家を訪問して「読み書き」を教えたり、新聞を読みながら時事問題について話したりしていました。

私はよく母の手伝いをさせられました。

そして、差別の中で字を読むことも書くこともできないまま、ただひたすら生きてきた人たちと触れ合うたびに、私はこの社会に対して憤《いきどお》りを感じました。

中学校に入学する頃には、ある左翼的な団体に接触していました。日本を資本主義から社会主義に変えることで、差別のない労働者中心の社会を作ることを目指している団体です。

当時は「七〇年安保闘争」の真っただ中。この闘争は、日米安全保障条約を延長することで、軍事的にアメリカの保護を受けられる一方で、アメリカが行う戦争に日本が巻き込まれ、憲法の中に示されている不戦の誓いを破ることになるのではないか。そう危惧した多くの学生たちによって起こされた闘いでした。おりしもアメリカではベトナム戦争があり、日本では連日、テレビや新聞などのメディアで「連合赤軍」や「浅間山荘事件」といった記事が取り上げられていた時期です。

私は、マルクスをはじめ左翼思想の本を読みあさりました。また、学校をサボっていろいろな抗議活動やデモにも参加していました。最年少だったこともあり、活動家のお兄さんたちにかわいがられました。

時を同じくして、私は自分の中学校内でも教員を相手に、学校の民主化闘争をただ一人で試みていました。

制服を強制することは軍国主義と同様であり、憲法の思想・信条等の自由を侵《おか》しているとと訴え、制服の廃止運動を起こしました。ほかにも、教員による生徒への体罰は教育基本法を侵す犯罪行為だとし、体罰への抗議運動も行いました。毎日が闘いでした。

そんな私は教員たちから好かれるはずがなく、保護者の母はたびたび呼び出され注意を受けました。でも母は、「この子は自分の信念で生きています。私はこの子を信じています」と断言してくれました。

そんなある日のこと。

授業中に騒いだ生徒の頭を叩いた教員に私は、

「先生、それは体罰、暴力です。謝ってください。訴えますよ」と抗議したため、廊下に連れだされました。

この教員は廊下の端に私を立たせると、自分の拳《こぶし》を突き出しながら、

「水谷、頭を下げてここに走ってこい」といいました。

その拳に自分から頭をぶつけに来いというのです。私は歯を食いしばりながら拳に向かって走りました。一度、二度、三度、悔し涙をボロボロ流しながら、全力で向か

っていきました。

この一部始終を、何人かの教員はニヤニヤ笑いながら見ていました。ある教員は、「水谷、これは体罰じゃないぞ。お前は自分からぶつかりに行ってるんだぞ」と吐き捨てるようにいいいました。

「もういい」といって職員室に戻ろうとした教員に私は、「逃げるな！」と叫びました。人生で初めて、人を心の底から憎んだ瞬間です。

この日から、学校と教員は私の敵になりました。

翌日から、私は学校に通うことをやめました。

でも、母には心配をかけたくありません。試験の日以外は、地元の図書館に直行し、勉強していました。学校に行っていないことがバレないように、毎日同じ時間に家を出て、同じ時間に家に戻りました。

救いはすぐそばに

一三年前の三月初め、小学校四年の少年からメールが届きました。私が関わった中で最年少の相談です。

学校でいじめに遭い、家でも父親と母親から虐待され、苦しんでいました。本屋の店頭でたまたま私の本を見つけて立ち読みし、救いを求めるメールをくれたのです。そして、少年は救われました。でも、私が救ったのではありません。救いは少年のもっと身近にありました。


「夜回り先生、僕死にたい。学校でいじめられてる。僕んち貧乏だから、汚い汚いっていわれる。家でも、お父さんもお母さんもお酒を飲むと、お前なんていないほうがいいって、僕をぶつ。

先生、僕なんていないほうがいいんだよね。僕、死にたいです。だから毎晩、カッターで腕を切ってる」

私はすぐにメールを返しました。

「水谷です。メールありがとう。必ず救います。電話してください。待ってます。ずっと待ってます」

すぐに電話が鳴りました。

少年は聖士といって、東北地方のある町に住んでいました。少年が受けているいじめや虐待は、小学生の口から聞くに忍びない内容ばかりでした。しかも、担任からもいじめられていました。

少年が担任にいじめを訴えても、

「君も悪い。もっと清潔な服装をすればいいんです」といわれるだけ。

悪いのは聖士ではありません。洗濯をしてくれない、風呂にも入れてくれない親が悪いのです。

しかし、担任は親に注意もしてくれず、少年だけを責めました。だから、聖士はまわりの大人を誰も信じていません。

私は少年にいいました。

「聖士君、リストカットは心の叫び。切っても、いいんだよ。ただし、隠してはだめだよ、人の前で切ること。君のまわりに誰か信じられそうな人はいるかい？　その人の前で切ってごらん」

私は、少年の近くに心ある大人がいることを願って、その存在に賭けました。

「校長先生なら信じられるかもしれない。女の先生だけど、いつも優しい目で僕のこと見てくれるんだ」

私は聖士に、今夜はリストカットを我慢して、明日朝、校門をくぐったらそのまま校長室に直行し、校長先生の前で切るようにいいました。

その後、私は電話を待ちました。押し寄せる不安に心を震わせながら待ち続けました。

午前九時、電話が鳴りました。電話機の向こうで聖士が泣いていました。

「夜回り先生、やったよ！　僕ね、さっき、校長先生の前でリストカットしようとしたんだ。家でも学校でも、お父さんにもお母さんにも、クラスのみんなにも担任の先生にもいじめられてて死にたいって。そしたらね、校長先生が、つらかったんだねっていってぎゅーっとしてくれた。校長先生の涙ってあったかいよ」

聖士の声には、自分のつらさを受け止めてもらえた喜びがあふれていました。

「よかったなぁ、聖士。いい校長先生だな」

私ももらい泣きしていました。

突然、電話から落ち着いた女性の声が聞こえました。

「水谷先生ですか。ありがとうございます。本当にすみませんでした。この子がこんなに苦しんでいることに気づきませんでした。教員として失格です」

校長先生でした。泣きながら声を震わせて話してくれました。

「水谷先生、この子は私が必ず守ります。どうしたらいいか、教えてください」

校長先生は、手を尽くして聖士を守ってくれました。

今も聖士は校長先生と暮らしています。校長先生の一人息子として大学を卒業し、市役所の職員になりました。そして、今ではたった一人の母、校長先生を温かく守っています。

救いは求めるもの。裏切られても裏切られても、求め続けるもの。
救いは必ず来ます。
出会いも求めるもの。裏切られても裏切られても、求め続けるもの。
出会いは必ずあります。
救いと出会いを求め続けること、それが生きるということ。

小学生だった聖士から、私はこれを学びました。

落とし前は「指一本」

十数年前、横浜中華街近くのパチンコ店の裏で袋叩きに合っている一人の少年を助けました。

パチンコ店の店員たちから事情を聞くと、磁石をつけた糸を引いてホール内を歩き回り、球拾いをしていたというのです。私は少年の身柄をもらい受けました。

少年の出身は台湾です。最初は彼の母親が出稼ぎのために来日したそうです。その母親が日本人と再婚したため、少年は台湾から呼び寄せられ、日本の横浜に住むことになりました。中学卒業後は定職にもつかずブラブラする毎日。いろいろな悪さをしながら生きていました。

私は少年の身の上話を聞きながら、彼を家まで送りました。

次の年、私は知り合いがいる都内の夜間高校に少年を進学させました。少年はまだ日本の永住権がないため台湾国籍でしたから、学校に在籍しないと強制送還されてしまいます。

しばらくは、少年からも母親からも連絡はありませんでした。しかし、その年の冬が近づく頃、母親が泣きながら電話してきました。

少年は夏休み以降、高校には行かず家出し、地元・横浜の暴力団に入ったというのです。そんな少年が久しぶりに家に戻り、風呂に入った時のこと。着替えを置きに風呂場に入った母親が目にしたのは、愛するわが子の背中一面に「すじ彫り」された龍の刺青《いれずみ》でした。

私はすぐに車を飛ばし、少年の家に行きました。そして、朝までご両親も含めて話し合いました。少年もこき使われるだけの暴力団に嫌気が差していたため、私の説得で脱退することを決意してくれました。

翌日、さっそく神奈川県警に相談しました。暴力団担当の刑事から組長に一本電話を入れてもらい、その足で組事務所に向かいました。

一つの約束を条件に、少年を暴力団から離脱させることに成功しました。約束というのは、少年が二度と暴力団の縄張りに入らないという単純なものです。あっけないほど簡単に始末がついたことに安堵《あんど》しました。

しかし、すぐに、自分の甘さを知ることになります。


一ヵ月後、暴力団の組事務所から学校の私宛に電話がかかってきました。少年を捕まえているというのです。少年は自分の彼女と会いたいがゆえに、あの大事な約束を破ってしまいました。昼間ならバレないだろうと考え、暴力団の縄張りに入ったのです。

私は覚悟を決め、組事務所に飛んでいきました。少年は真っ青な顔でソファーに座らされています。

「先生。落とし前は、こいつの指一本」

この言葉を聞いて私は頼みました。少年ではなく、私の指を落とすことを。

「堅気の先生が指一本落としたら、商売にならんだろう。そうはいっても、こっちにも決まりはある。見逃すことはできないが、これで勘弁してやるよ」

彼らが提案した「落とし前」は、私の利《き》き手の親指をつぶすことでした。

その後、少年は日本での永住権を取得し、都内にある中華料理店でまじめに働いています。いつか自分の店を持つことを夢見て、頑張っています。

「指一本」、安い買い物でした。なかなか痛い思い出ですが。

総括

高校に入学した私は幸せでした。いじめなどなく、みんなで明日を語り合えますから。まだ学生運動は続けていて、その頃は幹部の一人に名を連ねていました。

しかし、「七〇年安保闘争」はズタズタに敗北。無力感が漂う中で、多くの仲間が勉学へ、あるいは虚無主義へと流れていきました。日本を上層から変えるといって東大を目指し、学業に専念する仲間もいましたが、多くは夜の町の刹那《せつな》の遊びに身を投じていきました。

私はといえば、無力感とともに、体制の変革から世の中を変えていこうとする活動そのものに疑問と限界を感じました。いくら体制を変えても、人間が変わらなければだめなのではないか。言い換えれば、一人ひとりの人間が変われば、世の中は自然に変わっていくのではないか。そう考え始めたのです。

この時点で、組織からの離脱を決意しました。「総括」という名目の下に、仲間たちから一晩中リンチを受けました。殴られ蹴られ、途中で意識を失うと水をかけられました。私の想いを受け止めてくれない仲間たちが哀しかった。つらかったです。この時、拳を振り上げ体制に反抗するところには愛はなく、憎しみと哀しみが横たわっていることに気づきました。意識が遠のく中で、「一人ひとりの心を変えることでいつかこの日本を変革してやる」という想いを固めました。

私は大学進学を目指し、勉強に集中するとともに、様々な宗教に救いを求めました。自分の存在の意味、絶対的で普遍的な人間の在り方など、何か救いがほしかったのです。

でも、既存の宗教の中には私を満たしてくれる出会いはなく、哲学を学ぶことにしました。

挫折

私は上智大学文学部哲学科に現役で入学しました。

しかし、大学での授業は求めていたものとはまったく違っていました。私が学びたかった、生存への、絶対的なものへの問いに、答えてくれるものではありません。

さらに、仲間もできません。私の中に「こいつらとは違う」という突っ張った部分があり、それが仲間との間に壁を作っていたのです。当時の私は、そんなこととは露知らず、いつも一人でポツンとしていました。こんな事情があって、すぐに大学へは行かなくなりました。


そして、夜の世界に足を踏み入れました。暴力団員を相手に賭け麻雀《マージャン》を打ち、大負け。この時作った借金は、暴力団直系のぼったくりバーで働いて返すことになりました。夜の世界の住人たちに重宝されたりかわいがられたりするたびに、そんな自分が哀しくて、小さくなっていました。

夜の世界でのいたわり合いは、お互いをつぶし合う、殺し合うものだということを知りました。人と人が騙《だま》し合う、食いものにする世界です。

もちろん、夜の世界にも愛はありましたが、それは明日を作る愛ではありません。慰《なぐさ》め合いながらお互いにつぶれていく愛でした。多くの女の子が自分をボロボロにしながら生きていました。そして、何人もの女の子が苦海へと沈んでいきました。

人生で初めて味わった挫折感です。言い切れないほどの哀しみを繰り返した日々でした。

母はそんな私を怒ることなく、いつも哀しい目で見つめていました。母のまっすぐな視線が、正直つらかった。

夢、再び

一五年前の夏、横浜の元町周辺を「夜回り」していて、一人の女性がクラブをつまみ出されている現場に遭遇しました。

女性には薬物乱用者特有の興奮状態が見て取れました。クラブの従業員に罵声《ばせい》を浴びせながら殴りかかる彼女を押さえ、警察に行くか、家まで案内するかを選ばせました。その結果、私が家まで車で送ることになりました。

到着した女性の家は豪邸で、お手伝いさんが出てきてくれました。事情を話すと、それまで入ったこともないような立派な応接室に通されました。

その応接室でご両親から話を聞きました。

彼女は高校までは順調に生活していたこと。ただ、子どもの頃から死に対する恐れが異常に強く、高校時代も週のうち何日かは一人で夜寝ることができず、母親の横で枕を並べて寝ていたこと。大学入学と同時に東洋思想に傾倒し、特に神秘体験に関心を持ち、死後の世界の体験を標榜《ひょうぼう》する宗教団体に入信してしまったこと。二年生の途中で大学を中退し、さらなる神秘体験を求めて、同じ宗教団体の信者の若者とインドへ旅立ったこと。ご両親がいくら説得しても耳を貸そうとしなかったそうです。

二年後、ご両親がやっと取り戻した最愛の娘は、体はガリガリにやせ細り、精神錯乱で自分が誰なのかもわからない状態でした。神秘体験のためにと乱用し続けた数々のドラッグによって、彼女の精神は破壊されてしまったのです。

一緒に渡航した若者が亡くなってしまったため、実際にインドでの暮らしがどのようなものだったのかわかりませんが、尋常ではない暮らしぶりは容易に想像がついたそうです。

当時に比べて、この頃は心の状態もだいぶ落ち着いてきたといいます。

踊ることが好きな彼女は、時々フラッと家を出てクラブへ行き、朝まで踊り続けることだけが楽しみだそうです。

おそらく、この日はクラブで飲み物にＭＤＭＡ（エクスタシー）などのドラッグを混入され、フラッシュバックを起こし錯乱状態になったのでしょう。店内で暴れたために、つまみ出されたのだと思います。

私は、すぐに知り合いの薬物依存症治療の専門医に連絡を取り、入院させました。ご両親は薬物依存症についてほとんど知識がないため、もう娘は治らないと決めつけていました。

適切な治療を受けた彼女は見違えるほど元気になり、落ち着きと夢も取り戻しました。投薬は続いていますが、家の仕事を手伝いながら好きな絵を描いています。彼女の描く絵は日本だけではなく、ヨーロッパでも高く評価されています。透明感のある美しい絵から、私も癒《いや》しをもらっています。

放浪

挫折を味わい、夜の世界に沈み、自暴自棄になっていた私を救ったのは母でした。

ある朝、夜遊びをして自分の部屋に帰ると、机の上にヨーロッパ、しかも憧《あこが》れのドイツへの一年間のオープン航空券と六〇万円の現金が置いてありました。添えられた手紙には「何かを探してごらん」と書かれていました。

さっそくパスポートを取得し、私は一九歳の一二月、大学の入学祝いに母が買ってくれたスーツを着て、意気揚々とヨーロッパへ旅立ちました。

当時の西ドイツに到着すると、ハンブルクにいるドイツ人の友人の元に直行しました。現地での大学進学を目指したのです。

しかし、ドイツには大学入学を希望する外国人のための語学学校がまだ少なく、なかなか入学できませんでした。また、学校に在籍していないため、就労許可証も取れません。お金と時間だけが減っていきました。

かといって、簡単には日本に戻れません。焦る気持ちを押さえ、「よし、いろいろな経験をして、それを本に書こう」と考えました。

生活費は町でギターの弾き語りをやって稼ぎました。ギターケースを開いて前に置き、その当時日本で流行っていたフォークソングを歌いました。現地の人たちが最もお金を弾んでくれたのは、かぐや姫というグループの「神田川」という哀愁漂うメロディーが特徴の曲です。

また、この当時のドイツは東西に二分されていたため、西ドイツの人はなかなか東ドイツに入国できませんでした。入国できても、安くない一定のお金を東ドイツに支払う必要があります。

そんな事情もあり、その年の年末、私はドイツの友人に頼まれて、東ドイツ内の東ベルリンに住む祖父母の元へお金や様々なものを密輸することになりました。ハンブルクから友人の車を一人で運転し、西ベルリンへ向かいます。快適なアウトバーンの旅です。その先は、当時悪名の高かった「ポイントチャーリー」と呼ばれる検問所で厳しいチェックを受け、東ドイツ内の東ベルリンに入ります。

この時、私は冷や汗をかきながら検問所に入りました。何しろ日本円にしたら五〇〇万円近いアメリカドルを隠し持っていましたから。

検問所の担当官は、私が冷や汗を流していたせいか、レンタカーではなく西ドイツ人名義の車に乗っていたせいかはわかりませんが、厳しくチェックします。車のシートまではずして念入りに調べました。検問所でのたった一五分が無限の長さに感じられます。しかし、不審なものは何も見つからず、無事通過することができました。

じつは、私は友人が大金をシートの下に隠そうとするのを止め、お金をハンバーガーの入った紙袋の底に入れて助手席の上に無造作に置いたのが大成功。担当官はわざわざ目立つところに何かを隠すとは思っていなかったのでしょう。だから、紙袋の中はまったく見ようとしませんでした。

帰りは、友人の祖母が家族のために焼いてくれたシュトーレンという堅いケーキを車にたくさん積んで、鼻歌まじりに「ポイントチャーリー」を通過しました。

この旅で私は、中学・高校時代に理想とした社会主義国家の様々な問題と矛盾に気づきました。そんな現実社会を突きつけられた旅でもありました。当時の東ベルリンは、あまりにも暗く、堅苦しく、住人たちの笑顔が少ない町でした。壁一つで天国と地獄を見たような気さえしました。

ハンブルクで安宿に住みながら、自称ミュージシャン生活も板につき、ヒッピー仲間も増えた頃、私は警察に逮捕されてしまいました。就労許可証がないままに路上でお金を得ていたことと、ドイツでの入国ビザの期限が切れていたためです。

簡単な取り調べの後、再度不法就労を繰り返せば、永遠にドイツには入国できなくなることを申し渡されました。国際列車で隣国のオランダまで警察官が付き添って強制出国です。深夜にオランダ国境の駅で、すでに打ち解けていた付き添いの警察官と握手し、笑顔で別れました。

見知らぬ土地での不安はありましたが、「何とかなるさ」と、そのままパリへ向かいました。

パリでは、有名なシテ島のノートルダム大聖堂近くのユースホステルに泊まりました。このユースホステルは、ヒッピーの間では有名な宿で、数年住み続けているという大物もたくさんいました。私は「東洋の友」として、温かく迎えられました。

ヒッピー仲間のうちで一番若かった私は、みんなにかわいがられました。今もヨーロッパには、この時に知り合った数多くの友人がいます。

救出大作戦

すでに四二年の歳月が流れました。

ある夜、私は友人たちとパリの歓楽街・ピガール広場近くにある場末のバーで飲み、その後、みんなで定宿のあるシテ島に向かって歩いていました。

売春婦が立ち並ぶ路地を通りかかった時、寂しそうな目をした一人の日本人のお姉さんに会いました。売春婦です。哀しそうな顔で立っていました。私は友人たちが止めるのも聞かず、みんなを先に帰し、彼女と近くのホテルに入りました。

部屋に着くと、すぐに洋服を脱ごうとする彼女を止め、二人でベッドに腰かけて話しました。私がずっと年下だとわかったせいか、彼女はすぐに心を開き、身の上話を聞かせてくれました。

彼女は新潟県出身の二六歳。東京でＯＬ生活をし、貯めたお金を持って服飾デザインの勉強を目的にパリに来たそうです。

憧れのパリで一人の男と恋に落ちました。しかし、相手の男はフレンチマフィアのジゴロ。男の正体がわかってからは体を売らされたそうです。

「なぜ逃げないの？」という私の問いかけに、首を横に振りながら、「この町からは出られない。街角でずっと見張られているから」と哀しそうに答えました。私は、「必ず助けてあげる。まず、日本大使館に相談する」と約束し、その夜は別れました。

しかし、駆け込んだ大使館の反応は冷たいものでした。「彼女を助けてほしい」という訴えにも、「大使館内まで連れてきたら保護します」という言葉しか返ってきません。

思い余った私は、宿に戻って仲間たちにある相談をしました。みんなは「おもしろそうだ」といって身を乗り出します。こうして彼女の救出大作戦が始まりました。

作戦は綿密に練りました。次の週の土曜日夜一〇時がすべてのスタートです。古株でユースホステルに泊まっている約一五〇人の仲間たちが総出で協力します。パリの町をよく知っている運転の上手な二人は運転手です。車を二台用意して、一台はムーラン・ルージュの奥の彼女のいる路地の出口で待機。もう一台はシテ島を抜けたリュクサンブール公園の横につけます。

残りの仲間たちはワインを一本ずつラッパ飲みしながら、彼女の立っている路地を千鳥足で行進します。私はコートと帽子を用意し、彼女の横に来たら、コートを着せ帽子をかぶせて、行進する集団の中に彼女を引き込む。路地の出口に来たら私と彼女は待機している車に乗り込み、途中のリュクサンブール公園でもう一台の車に乗り換え、日本大使館に突入する。彼女とは事前に会い、この作戦を伝えました。手抜かりはありません。

救出作戦は大成功でした。何の問題もなく、彼女を乗せた車は日本大使館に滑り込みました。無事、大使館に保護され、彼女は日本へ戻っていきました。

翌朝まで、ユースホステルはシテ島を揺らすほどの大騒ぎです。もちろんワイン代は私が払いました。

この話には後日談があります。

一〇年ほど前に、あのお姉さんと日本で再会したのです。私がある地方都市で講演した時、楽屋に和服姿の上品な中年女性が訪ねてくれました。二人きりになると、私の手を両手で握りしめながら泣きだしたのです。突然の出来事に、私が呆然としていると、彼女はいいました。

「ありがとう、ありがとうございました。パリであなたに助けていただきました」

このひと言ですべてを思い出しました。私は、

「幸せそうで安心しました」とだけ告げました。あの作戦が懐かしくよみがえり、とても幸せな一日になりました。

突然の帰国

ヨーロッパでは数多くの人たちと出会いました。騙されたこともたくさんありましたが、多くの仲間ができました。

イギリス、スペイン、ノルウェー、ブルガリア、ポーランドとたくさんの町を放浪しました。そして各地でドラッグを売る以外、様々な危ない仕事もしました。最も儲かった仕事は密輸です。アメリカ製のジーンズを東欧に、北欧のエロ本をロンドンにと、大きなトランクに商品を忍ばせ国際列車の旅を続けました。ですから、お金に困ったことはありませんでした。

しかし、心の中にはいつも、「こんなはずじゃなかった」という満たされない想いが重く沈んでいました。

ちょうどそんな時、ロンドンにいたのですが、日本人のヒッピー仲間から、アメリカン・エキスプレス社の窓口に私の名前が貼ってあったという情報を得たのです。私はすぐにリージェント・ストリートにあるアメリカン・エキスプレス社に向かいました。そこには母からのメッセージがありました。「祖父倒れる、すぐ戻れ」という簡単なものです。

私は母に電話をかけ、すぐに飛行機を予約しました。私を育ててくれた祖父が脳溢血で倒れ、危険な状態だと知り、慌《あわ》ただしくロンドンを後にしました。

またすぐにヨーロッパに戻るつもりでしたから、仲間たちとの別れもなく出発してしまいました。まさか戻れず、ほとんどの仲間たちと永遠に会うことができなくなるとは、その時はまったく考えてもいませんでした。

復讐はしない

九年前の四月深夜、真理と名乗る二一歳の女子大生から死を予告する電話がありました。

出会い系サイトで知り合った男たちからの一年にわたる数々の暴力に苦しみ、その男たちへの恨みを私に託して死ぬつもりです。

真理は山陰地方の山間部の小さな町の出身。ご両親の愛を一身に受けて育ちました。中学、高校といつもまわりに優しさを配る思いやりのある子どもでした。高校を卒業後は、夢だった小学校の先生になるために県庁所在地にある大学に進学。実家からは通学できませんから、アパートを借りて一人暮らしをすることになりました。

慣れない生活に加え、田舎育ちのおとなしい真理にはなかなか友だちもできませんから、寂しさが募《つの》ります。それでも、まじめに勉強し日々を生きていました。楽しみといえば、大学の休みに優しいご両親の待つ家に戻ることだけでした。

そんな真理は二年生になった四月、一人の男の子とつき合い始めました。相手は大学の一年後輩です。初めてのデート、一緒に過ごすあらゆる時間が新鮮で幸せでした。ところが、つき合ってわずか二ヵ月で捨てられました。

「先輩って、何か暗いんだよな。だから、つき合ってても楽しくないんだ」

これが、彼の別れの言葉です。返す言葉を見つけられなかった真理は、自暴自棄になりました。傷ついた心を癒す救いを、夜の町で出会う男たちに求めたのです。そして、さらに傷ついていきました。そんな真理が夜の世界の罠《わな》に落ちるのに時間はかかりませんでした。

その秋、真理は携帯電話のサイトで出合った一人の男と会いました。連れ込まれたモテルで写真を撮られ、そして、「いうことを聞かなければ、写真を大学にバラまき、実家にも連絡する」と脅されました。学生証と免許証を見られてしまったのです。

真理はその男の指示通り、男の仲間たちに体を与えました。さらに、男からいわれるままにサラ金から数十万円を借り、渡してしまいました。

こんな状況に陥った真理は、もう家にも帰れません。男たちが許さなかったし、何よりこんな自分を優しい親たちに見られたくありません。

ある時、真理は大学のキャンパス内の書店で私の本を手にしました。

「いいんだよ。今までのこと、みんな、みんな、いいんだよ」

この言葉に惹《ひ》かれて、泣きながら読んだそうです。そして、復讐を私に託して、自分は死を決意し、電話してきたのです。


「私はもうだめ。汚れ過ぎてる。死んだほうが楽。でも、私が死んだ後もあいつらがのうのうと生きてるなんて許せない。それに魔の手に落ちたのは私だけじゃない。先生に、あいつらのことをすべて書いた手紙を送ります。お願いです。必ず復讐してください。私、先生のような教員になりたかった」

真理のこの言葉に、私はあえて冷たく答えました。

「嫌だよ。私は復讐はしない。人が死ぬ手伝いもしない。君の明日を作る手伝いならするよ」

「何で！　何でわかってくれないの？　私には先生しかいない。先生に頼むしかないのに！」

　私の言葉に傷ついた彼女は、電話の向こうで泣きながら叫んでいました。

「君が生きてくれるなら、生きていてくれるなら、一緒に闘うよ。彼らに自分たちのやったことの責任を取らせる。明日は作れるんだよ」

　私は電話に向かって何度も語りかけました。

「今、どこにいるんだい。アパートかい？」と私が聞くと、

「実家。親のそばで死にたかったから。先生、時間をください。明日まで考えさせてください」

　最後に真理のか細い声が聞こえました。私は待つことにしました。

　翌日は夜まで電話を待ちました。その間にも子どもたちからの相談電話は鳴り続けます。

「緊急の電話を待ってます。申し訳ないが相談は明日まで待ってください」とお願いしました。

ついに来ました。

「真理です。考えても考えても、死ぬほうが楽なんです。お願いですから、あいつらに罰を与えてください」

真理の答えは昨日と同じです。

私は諭《さと》すようにゆっくりと話しました。

「いくら君が手紙で彼らのやったことを書いても、君が死んでしまえば、警察は動けない。真理さん、君自身が訴えなければ、彼らを罰することはできないんだよ。もう君は私の生徒です。君のことは必ず守ります。必ず君のそばにいます。一緒に闘おう」

電話の向こうで真理が迷っているのがわかりました。

「じゃあ先生、私どうすればいいの？」

私が待ち続けた言葉が、真理の口から出ました。私は真理の携帯電話の番号を聞き、こちらからかけ直しました。

「今、君を支える人が必要だ。それはたぶんお母さんだよ。まずは、お母さんに話せるかい？」

「嫌ーっ！」

真理の悲鳴が聞こえ、電話は切られてしまいました。私は、何度も何度も電話をかけ続けました。真理がやっと電話を取ってくれました。

「お母さんに話してみる。でも、そんな子いらないっていわれたら、先生、私のこと守ってくれる？」

私は、電話を強く握りしめながら何度もうなずいていました。

一時間後、真理のお母さんから電話が来ました。

「水谷先生ですか。本当にありがとうございます。私は、娘がこんなに苦しんでいたなんてまったく気づきませんでした。死を考えるほど苦しんでいたなんて。事情はすべて話してくれました。先生のおっしゃる通り、明日、真理と一緒に警察に行きます。これからも真理をよろしくお願いします」

翌朝、真理の明るい声が電話から聞こえました。

「先生、夕べお母さんが一緒に寝てくれた。抱きしめてくれました」

真理と母親は、警察に出向き被害届を出しました。警察もよく動いてくれ、男たちは全員逮捕されました。

真理は大学に戻り、今は高校の教員です。元気なメールが時々届きます。子どもたちの痛みを理解することができる、いい教員になってくれるでしょう。

午前三時の家庭訪問

ある夏のことです。

親しい友人から、お姉さんの子どものことで相談を受けました。高校に入学したけれど一学期の途中からまったく学校に行かず、部屋からも出ず引きこもってしまい、家族が困っているというのです。


さっそく翌日、教えられたお姉さんの家を訪問しました。

少年はジュンイチといいますが、お母さんが呼んでも部屋から出てきません。私が部屋に入ってもベッドの中です。

私はお母さんに、明日からしばらく、「夜回り」を終えた午前三時頃に家庭訪問することを伝えました。


毎晩午前三時には部屋に入り、布団に潜り込んで出てこないジュンイチの横で、朝まで本を読んでいました。彼には言葉を一切かけることもなく、ただ居続けたのです。

二週間後、ようやくジュンイチが布団から顔を出し、私に話しかけてきました。

「何で毎晩毎晩来るんだよ」

私は、

「心配だから」とだけ答えました。

そして、私自身が大学に通えず悩んでいた時に救ってくれた恩師について語りました。

その日は朝まで話しました。連日の寝不足の上に緊張がとけて安心した私がうとうとまどろんでいる横を、ジュンイチは学校へと出かけていきました。

高校を卒業したジュンイチは車の特殊な板金技術を学び、整備工場で働いていいます。彼の夢の一つは、私がぶつけた車を完璧に修理することだそうです。

でも、私は車をぶつけたことがありません。これからもぶつけないでしょう。

心の恩師

病に倒れた私の祖父は、一命を取り留めたものの左半身不随の障がいが残りました。しかも、ものを考える能力の大半を失ってしまったため、病室ではつねに家族の誰かが付き添わなくてはなりませんでした。祖母と母と私、三人態勢の看病生活が始まりました。

ヨーロッパに戻ることをあきらめた私は、半ばやけになりながら、昼間は祖父に付き添い、夜は朝方まで遊ぶという暮らしを続けていました。当然ですが、大学は除籍されたと思っていました。

二月中旬のある夜のことです。

いつものように遊んでいた湘南の店から「今夜は戻らない」と母に電話すると、「待っている人がいるから戻ってきなさい」といわれてしまいました。私は母のこの言葉を無視しました。

朝まで遊び、日が昇る頃自分の部屋に戻りました。部屋に入って驚きました。中央に布団が敷いてあり、こんもりと盛り上がっています。布団の中には、何と当時の大学の哲学科長である渡辺秀先生がいました。スーツにネクタイ姿のまま、横になって私を待っていたのです。

秀先生は私を見ると、布団からむっくりと起き上がりました。そして、ただひと言。

「お帰りなさい」

まいりました。私が黙って下を向いていると、

「大学に戻ってきなさい。まずは少し寝ましょう」そういってまた横になりました。

言葉の静けさが、心に刺さりました。

私は四月から大学に戻ることができました。母が乏しい収入の中から大学の学費を払い続けてくれていたため、学籍が残っていたのです。

大学に戻った私は哲学、特に秀先生がご教授くださった現象学に夢中になりました。現象学は、ドイツの哲学者・フッサールが始めた学問です。現に行っている自分のそのつどの意識現象をきちんと見つめることを通して、自分や他者の本質を見ていこうとする方法論でした。

私は、なぜ人間が二つのものを同一のものか、それとも違うものかを認識できるのかを研究しました。この世にまったく同じものは存在しません。でも、私たちは一瞬の一瞥《いちべつ》で、その二つのものの中に同一な部分と違う部分を見分けています。この意識構造の研究です。論理的に考えることの喜びと力を学びました。

すでにその頃の私は、哲学が人間の生存の意義や善など普遍的なものへの問いに答えを与えてくれるものではないことには気づいていましたが、楽しい日々でした。夜遅くまで秀先生の研究室で学び、いつも傍らには先生の優しい眼差しがありました。

私にとって秀先生との出会いは、人生で最も鮮烈です。それから先生が亡くなるまでの二四年間、私の人生で最も敬愛する先生であり、父親のような存在でした。秀先生のすべての言葉、いや、言葉だけでなくその目、指の動きまでのすべてが私に何かを語りかけてくれました。

中でも「教える」ということの本当の意味を教わりました。「教える」ことは「教えたいことを生きる」こと。それを生徒に見せ、自ら学ばせること。これを深く学びました。

秀先生が亡くなった日、私は講演で九州の筑豊にいました。訃報を聞いて、一晩中泣きました。声を上げて泣きました。

脱走少年の償い

一六年前、テレビで放映されたあるドキュメンタリー番組で私のことを知ったという父親から連絡がありました。息子が非行グループに入り、高校へも行かず、窃盗やシンナーの乱用を繰り返して困っている。どうしたらいいかという相談です。

すぐに、息子のナオヤを横浜に連れてきてもらい、会いました。ナオヤはまだ中学生といっても通るほど幼さの残る少年でした。素直な言葉づかいに更生の可能性を直感した私は、夏休みの間、長野県八ヶ岳にある友人の山小屋「白駒荘」に預けることにしました。

ナオヤは夏の間、山小屋の手伝いを懸命にしながら、まじめに過ごしました。

夏が終わって迎えに行った私に、山頂に瞬く星の美しさ、風や雨の厳しさ、可憐な高山植物の逞《たくま》しさなどを目を輝かせて語ってくれました。

しかし、自宅に戻ったナオヤはすぐに父親と喧嘩になり、家出し、非行生活に逆戻りしてしまいました。早々に、非行グループの兄貴分の彼女を奪ったことがバレ、グループから狙われることになりました。どうしようもなくなったナオヤは、私に救いを求めてきました。

私は再度「白駒荘」にナオヤを預けました。今度はひと冬の約束です。「白駒荘」のお母さんの「もう一度連れといで。山が心を磨いてくれるよ」という言葉が、どんなにありがたかったか。

しかし、「白駒荘」に到着した夜、ナオヤは売上金を持って逃走してしまいました。お金が入っていた携帯金庫の中には「しばらくお金を貸してください」と書かれた紙が入っていました。山歩きのプロでさえ避けたがる初冬の夜の山を、ナオヤは一人で下山し、彼女の元へと逃げ帰ったのです。

その後も、私は父親と連絡を取り続けていました。一喜一憂が繰り返され、なかなか私たちを苦しめてくれました。

翌年の夏、ナオヤから電話がありました。私に「白駒荘」まで付き添ってほしいというのです。必死に訴えるナオヤの声を聞き、断ることができませんでした。八月末の休みの日を利用して、彼を小屋まで連れていきました。

小屋の前では、「白駒荘」の親父さんとお母さんが出迎えてくれました。ナオヤは二人の前に土下座すると、

「ごめんなさい、ごめんなさい」と泣きじゃくりました。そして、

「これを返したくて。自分で働いたお金です」といって、封筒に入ったお金を差し出しました。

この様子を見た親父さんとお母さんの目には涙があふれているのがわかります。私も泣きました。うれしかったです。

白駒荘の親父さん、辰野廣吉さんは私の青春時代からの友人です。親父さんには、たくさんの子どもたちを助けてもらいました。引きこもりだった少女、ナオヤのような非行に走った子どもたちをわが子のように育ててくれました。そんな頼りになる親父さんは二〇一六年秋、不慮の事故で亡くなりました。早過ぎる別れです。

親父さんの訃報を知った私は、すぐにナオヤに連絡しました。

「何で、親父さんなんだよ！　あんなにいい人がなぜ死ななくちゃならないんだ！　神様なんていないのか？　先生」ナオヤは、泣きながら叫んでいました。

そんなナオヤに、私はいいました。

「親父さんは君の中にいるよ。ナオヤが生き続ける限り、生きてるよ」

山に焦がれて

私の大学には長野県の八ヶ岳に山小屋がありました。夏休みを利用してこの山小屋にピクニック気分で出かけたのが、山との関わりの始まりです。私は自然豊かな山の魅力にすっかり取りつかれてしまいました。

休みのたびに、日本各地の山を踏破しました。

山は最高です。ただ登り続ければいい。足を一歩前に出して地面をきちんと踏みしめて確実に歩くだけでいいのです。しかも、余計なことは何も考える必要はありません。登り続ければ必ず山頂に到達します。だから、悩むこともありません。

以来、八ヶ岳は私のホームグラウンドになりました。ロッククライミングも氷壁登《とう》攀《はん》も、冬山も、山に関することはすべて八ヶ岳から学びました。

そして、八ヶ岳にあるほとんどの山小屋の人たちと友人になりました。自然の中で育《はぐく》まれた人間関係は、山のように雄大で寛大です。

特に八ヶ岳登山口にある秘湯「稲子湯温泉」の原田一族は私の山の家族で、一生を通じたおつき合いになっています。

今も忘れたことはありません。三十数年前、温泉に入る金がなく下山するバスを待っていた私に、声をかけて風呂に入れてくれました。その優しさが、私の疲れた体と心を癒してくれました。

八ヶ岳の白駒池という大自然が広がる神秘的な地にある「白駒荘」。この辰野一族とも長いおつき合いです。亡くなった親父さんは、私にとって最高の友人、山での飲み友だちでした。どれだけの月日、酒を酌み交わしながら、山のこと、自然の大切さを語り合ったか。親父さんは今も私の心の中に生きています。

高校教員

私は大学を卒業後、横浜市の教員になりました。

高校の教員を目指していたのですが、それには理由があります。世の中を変えたいと思っていたからです。左翼思想団体に所属していた時代に味わった苦い経験から、「革命」という大義名分を振りかざすのではなく、教育を通じて一人ひとりを変革することが大事だと気づきました。

初めて着任したのは女子校でした。

でも、大変でした。さほど年が離れていないせいもあったのでしょう、人気者になってしまいました。実際、昼になると毎日数個のお弁当が届き、正直なところまいりました。公平にしようと全部食べるには多過ぎます。

慕ってくれる生徒たちに囲まれ、楽しい授業ができ、幸せな一年が過ぎようとしていました。

しかし、事件は起きました。

三月一日の夜一一時、私が副担任をしていた三年生のクラスの生徒からわが家に電話がありました。

「先生助けて！　元町で遊んでいて知り合った米兵に、厚木のモテルに連れ込まれた！」というのです。

私は生徒に、すぐに部屋の外に逃げてフロントに助けを求めるか、部屋にロックがかかっていてそれができないならば、トイレに鍵をかけて閉じこもるようにいい、モテルの名前と部屋番号を聞きました。

電話を切ると厚木警察署に緊急で連絡し、自分もモテルへと車を飛ばしました。

私が現場に到着した時、生徒は警察によって無事に保護されていました。米兵はMP（米国陸軍の憲兵）に連行されました。警察が調書を取り終えるのを待って、生徒を家まで送り、校長に報告の電話をしました。事情を話し、お世話になった厚木警察の署長に、校長からもお礼の電話を入れてくれるように頼んだのです。

翌日の三月二日は、一睡もせずに高校に出勤しました。職員室に一歩入ると、いつもとはまったく違う空気が流れています。

しかも、朝の打ち合わせでは、その日の午後に行う予定だった翌日の卒業式の練習を中止し、緊急の職員会議に出席するよう指示されました。

この職員会議が大変でした。

昨夜の生徒の事件があっという間に広まったようです。副校長から、

「本校の名誉を汚す不祥事です。夜の町を遊び歩いて、米兵に捕まり、高校生にもかかわらず警察沙汰になるとは。退学処分を提案します」と告げられてしまいました。

私は「生徒に非はなく、被害者なんです」と何度も訴えました。でも、その場で多数決が取られ、わずか二票差で生徒の退学処分が決まってしまいました。

この採決にショックを受けた私が社会科の研究室で呆然としていると、当時の学科長の先生が入ってきて、こっそり耳打ちしてくれました。

「水谷先生、退学処分は校長の専決事項です。校長を動かすことができれば、ひっく

り返せるかもしれません」

「あきらめるのはまだ早い」、そう考えた私は、すぐに校長室に押しかけ、「校長、もしあの生徒を明日卒業させてくれなければ、今回の事件のすべてを新聞社に伝えて記事にしてもらいます！」と宣言しました。

校長はしばらく考えた後、こう答えました。

「わかりました、卒業させましょう。ただし、水谷先生、あなたは組織の決定に逆らったわけですから、もうこの学校にいることはできません。この異動希望書に名前だけ書きなさい」

私は喜んで自分の名前だけを書きました。

この女子生徒は無事に高校を卒業していきました。こんな取引が行われたことなど知ることもなかったでしょう。

私はといえば、生徒たちに別れの挨拶をすることさえも許されないまま、強制的に異動となりました。

三度目のめぐり会い

二〇年ほど前のこと。

殴られて顔を大きく腫らした一人の少女を保護しました。唇も切れ、私が差し出したハンカチは、すぐに血で真っ赤に染まりました。

顔の傷が心配なので救急車を呼ぼうとすると、少女は止めました。大丈夫だというのです。警察に連絡しようとすると、頑《かたく》なまでに拒否します。「絶対にやめて！」といって泣きました。

その場で聞いた少女の話に、怒りとともに私の全身に戦慄《せんりつ》が走りました。少女に乱暴を働いたのは、何と父親です。しかも、その父親から何年にもわたって性的な暴行を繰り返されていました。

その日は少女をわが家で保護し、翌日、児童相談所へ連れていきました。児童相談所の担当者、私と警察官の三人で父親を訴えるように説得しましたが、少女は首を縦に振りません。ただ、父親と別れることができればいいというのです。

児童相談所に一ヵ月ほど入所しましたが、その間、少女は入所している他の子どもたちの面倒をよく見てくれました。児童相談所を出ると、大きな病院の看護助手として働き始めました。

その一ヵ月後、少女が泣き声で電話してきました。

仲良しになった入院患者さんの一人が昨晩亡くなったそうです。霊安室でお別れをした後、魂《たましい》が天国に昇っていけるように、霊安室の窓を少し開けてあげたことを涙ながらに話してくれました。少女の優しさに私は胸を打たれました。

そんなことがあった数ヵ月後、今度は少女の上司から電話が入りました。少女が仕事を休みがちなこと、夜遊びが頻繁なことを気にかけて、連絡してきたのです。

その夜、私は少女の暮らす寮へと向かいました。外出中の少女は、待てど暮らせど戻ってきません。夜が明ける頃、中年の暴力団員風の男に送られて帰ってきました。

少女と車の中で話し合いました。

「今はまじめに働こう」という私の呼びかけにも、

「みんな遊んでる。私だけがなぜ遊んじゃいけないの？　恋をしちゃいけないの？」

と、聞く耳を持ちません。

今夜また話し合うことにして、出勤時間の迫った少女を、ともかく勤務先の病院に送り届けました。しかし、その日、少女は忽然と消えてしまったのです。

その三年後、この少女とは思わぬ再会がありました。当時関わっていた一人の女の子が、覚せい剤の乱用でボロボロになっている少女を私の元に連れてきたのです。

失踪した日、少女が逃げ込んだのは中年の覚せい剤の売人のところ。その後は、お決まりのコースです。覚せい剤漬けにされ、風俗店に売られました。夜の世界で自暴自棄になり、自らも覚せい剤を乱用したそうです。

そこで知り合ったのが、私が関わっていた一人の女の子というわけです。

私は、少女を薬物依存症治療の専門病院に入院させました。

しかし、三ヵ月と経たないうちに、その病院で知り合った中年の薬物乱用者と一緒に、また失踪してしまいました。

売春を繰り返し、重い性感染症になって私に救いを求めてきたのは、さらに二年後のことです。三度目のめぐり会いです。彼女は、私が最も多く出会いと別離を繰り返した少女です。

彼女は、今私の近くにいます。私の関わっていた若者と恋をし、結婚して二児の母となり、温かい家庭を築いています。

養護学校

私の異動先は、体の不自由な子どもたちのための学校で、当時の養護学校です。現在は、横浜では特別支援学校と呼ばれています。

教壇での社会科の授業を通して、明日を語ることが私の夢でした。でも、配属された養護学校での仕事といえば、機能の訓練、トイレや食事の介助など考えてもいないものでした。そんな仕事の内容に、私は不貞腐《ふてくさ》れました。退職することだけを考えながらいつも仕事をしていました。

異動になって三ヵ月後の六月。担当した生徒が大便を漏らしたので、トイレでおむつを替え、お尻についた汚物をシャワーで洗い流してあげようとしていました。でも、教員の私がなぜこんなことをしなくてはならないのかと思って、嫌だった。

心ここにあらずの状態で仕事をする私はシャワーの温度を手で確認することもなく、生徒のお尻に直接かけていました。「ギャッ！」という声に、ハッと我に返ると、シャワーからは冷たい水が出ています。

叫び声を聞いて飛んできたのでしょう。背後から「何をした！」という先輩教員のとがめる声が響きました。その声に振り返った私は、拳で頬を思いっ切り殴られていました。

先輩教員は、呆然としている私から生徒を奪うと、すぐに暖かいシャワーをお尻にかけてやります。

「ごめんね、冷たかったろう。もう大丈夫だよ」と優しい言葉も忘れません。

そして、私に

「水谷先生、この子が何か君に悪いことをしたのかい？　この子は君を信じてるんだよ、君しかいないんだ」と声をかけてくれました。

私は自分を恥じました。

「すいません」と謝り、生徒のお尻を手で優しく洗いました。生徒と同じ目の高さで、生徒とともに生き合うことの大切さを学んだ瞬間でした。

それからの私の毎日は輝きを取り戻しました。「こんな私を求めてくれている生徒たちがたくさんいる」そう思えた私は養護学校での生活に、誇りとやりがいを見いだせたのです。

私を殴ってくれた先輩は、板坂先生といいます。人間として大切なこと、「どう生きるか」ということを教えてくれました。この一件以来今に至るまで、私が尊敬する大好きな教員仲間です。

兄弟愛

大分市で「夜回り」をしていたある夜のこと。

市内でも若者たちがたむろすることで有名な「ジャングル公園」の奥で、子どもたちが喧嘩をしている現場に出くわしました。

二人組の少年が、五人組の少年たちを相手に大立ち回りをしていました。二人組の少年のうち、体の大きいほうは、もう一人の小さいほうをかばいながら戦っています。小さいほうの少年を見て驚きました。左半身が異様に小さいのです。そして左手がうまく使えていません。それでも、じつに上手に戦っていました。

私はとっさに「警察だぞ！」と声をかけました。五人組は慌てて逃げました。残った二人組のそばに行くと、体の大きいほうは、小さいほうを立ち上がらせながら、ものすごい形相で私をにらみつけてきます。

私は夜間高校の教員であることと、喧嘩を止めたくて警察だと嘘をついたことを伝えました。そして、彼らを褒めました。本当に喧嘩の仕方がうまかったからです。「私が止めなくても、たぶん君たちが勝ってたな」というと、二人はうれしそうな笑顔になりました。近くのファミレスに誘い、話を聞きました。

二人は兄弟でした。弟は小学校三年の時に自転車に乗っていて転び、運悪く近くにあった針金が頭に刺さり、後遺症で左半身が麻痺《まひ》してしまったそうです。これが原因で小学校と中学校でいじめを受ける弟を助けるために、兄弟で非行の道に入りました。一九歳と一七歳の今は、工事現場に出て型枠大工の見習いをしているそうです。私が「薬物乱用防止教育の専門家なんだよ」と話すと、兄が真剣な顔で相談してきました。弟が中学時代からシンナーを乱用し、いまだにやめられないというのです。

私は、弟の身柄を薬物依存症者のための自助グループに預けました。このグループとは太いパイプがあります。

その年のクリスマスに、自助グループが主催するチャリティーコンサートが行われました。招待を受け、当日は私も行ってみました。予定していた人数よりはるかに多くの来場者があり、会場では椅子席が足りません。急遽《きゅうきょ》、通路に座布団を敷いて、そこに座ってもらうことになりました。

弟は不自由な左手に何枚もの座布団をはさみ、一人黙々と座布団を敷いています。その様子を見ていたグループのリーダーが、話しかけてきました。

「水谷先生、あいつはすごいよ。絶対に音を上げない。歯を食いしばってでもやり通す。いい子だよ。うちのみんなが力をもらってます」

小さくて不自由な体ながら、多くの人に力を与えてくれる存在になったことが、うれしかったです。

自助グループを退所後、兄弟はある地方都市で大工の仕事をしています。

「兄貴は二人前、俺は半人前。でも、二人で力を合わせれば、人並み以上の仕事ができます」いつもそういっています。

全日制高校時代

私は養護学校に五年間勤務した後、全日制の横浜市立金沢高等学校に転勤しました。社会科の教員、吹奏楽部の顧問として忙しく、充実した日々を送りました。

日本史、世界史、現代社会と、教えることが学ぶこと。授業が楽しくてたまりません。一人で夜遅くまで翌日の授業のノートを作り、「よし！　これをここで使って生徒たちの気を引いて……」と、ニヤニヤしながら勉強していました。私は先生というより、生徒でした。

それでも、一部の生徒たちは感じたのでしょう。私には、生きることや考えることに対して何か背負っているものがあることを。私の元には、その何かを求める子どもたちが集まってきました。

哲学書を一緒に読んだり、哲学について語り合ったり、ともに頭をかゆくし合いました。教員として、満ち足りた日々でした。

私は、この学校でかけがえのない何人もの生徒たちと出会いました。

一人は考え方、生き方、世の中の在り方など、すべてに美しさを求めた生徒です。しかし、残念ながら現実の世界は汚れた想いが満ちています。仲間たちや教員の間だけでなく、学校や社会全体にもよどんだ空気が充満しています。だから、彼を救うことはできません。

でも、彼は美しさを求め続けました。高校時代はいつもそばにいましたが、私は彼のその純真さにしびれました。

今、彼は東北のある県で絵を教えています。表現を通して美しさを世に出そうとしています。

もう一人は頭の堅い、まじめ過ぎる想いを持ち続けた生徒です。

明日の自分を求めることをやめません。今の自分をこれでもかこれでもかと自己否定することで、次の自分に成長させようとします。彼は哲学を学び、本物を求める旅に出ました。

その後、北の最果てで高校の教員になりました。今も、今日の自分を否定することで、明日の自分を見いだそうとしています。哲学的な生き方に、私はちょっと責任を感じています。でも、彼は必ず私を乗り越えていきます。そんな予感がしています。

この学校での四年間は、あっという間に過ぎました。

私はこのまま一人の社会科の教員として生きていくつもりでした。

エリート少年の強盗

一九年前の一二月です。

私は東京・渋谷での「夜回り」を終え、車の高速代がもったいなくて一般道を走って家に帰る途中、多摩川べりに車を止めました。川のそばまで行こうと土手を下りると、そこには野球帽を目深にかぶった少年が一人ポツンと座っていました。時間は午前三時を過ぎています。

「こんな深夜にどうしたのだろう？」と不審に思い、少年に声をかけました。

最初は驚いて固まった様子の少年でしたが、私が夜間高校の教員だと自己紹介すると、少しずつ口を開いてくれました。

少年はカツキといいます。私はカツキの告白に驚きました。昨晩、レンタルビデオ店ばかりを狙って連続六店舗で強盗をやったというのです。

少年は都内でも有数の受験校に通う高校三年生。ご両親の期待を一身に負い、東大に入ることを目指してエリートコースを歩んできたそうです。

ところが、夏休み頃からスランプに陥ったといいます。いくら勉強しても偏差値は上がらず、それどころか下がるばかり。自分ではどうしようもできなくなり、数日前に家出したそうです。

しかし、持っていたお金が減ると、だんだん不安になりました。

「それなら強盗だ！」と安直な思いつきで包丁を買い求め、下町のレンタルビデオ店を次から次へと手当たり次第に襲った。これが真相です。

「自分でも何が何だかわからないうちに、やってたんだ……」と泣きながら私に訴えるカツキ。

「これから、どうする？」と私が聞くと、私にしがみつきながら、

「僕、どうしたらいいの？　教えて！」と聞いてきました。

私は何も答えませんでした。

朝方、カツキは警察に自首することを自分で決めました。そして、私とともに警察署へ行きました。

取調室に入る時にカツキがいった言葉は、

「先生、また会えるよね？」でした。

私は、

「おぅ、待ってるよ」と声をかけました。

受験競争の中で、人としてやってはいけない大切なことを学び忘れたカツキ。でも、彼はそれを自ら体験することで学び、心に深く刻みました。とてもきつい経験でしたが……。

カツキは少年院で罪を償い、その後大学に進学しました。今は、親に捨てられた子どもたちの施設で元気に働いています。

夜の世界へ

私の人生を変えたのは、二八年前の一二月、友人からかかってきた一本の電話が始まりです。

この友人も高校の教員で、初任から東京の夜間高校に配属されました。

「水谷、俺はもう耐えられない。学校を辞める……」

彼の暗い声が気になり、その日会う約束をしました。給料日の後で懐《ふところ》にゆとりがあったのと、何より彼を元気づけたくて、少し贅沢《ぜいたく》をして彼の学校近くにある寿司屋で待ち合わせました。

カウンターで刺身をつまみながら、彼はおもむろにいいました。

「水谷、寿司だって魚を選ぶよな。腐った魚じゃ、うまい寿司は作れない。教育だって同じだよな。お前は素晴らしい生徒に恵まれ、いい教育ができる。でも、俺は違う。腐った生徒じゃ、いい教育なんかできない」

この言葉に、私は切れました。

「おい。魚に腐ったはあっても、子どもに腐ったはないよ。もし、あったとしたら腐らされたんだ。そんな子どもたちを救うのが教育じゃないか？」

私にとっては、学ぶことのできない子＝学ぶことの楽しさを知らない子であり、社会にたてつく子＝社会に虐《しいた》げられてただ戦うしかできない子でしたから、彼のいうことに納得できません。

カウンターの席で飲むことも食べることも忘れ、激しい言い争いになってしまったせいで、ついに店から追い出されてしまいました。

店を出ても喧嘩は続き、最後は私がこんな捨てぜりふを放っていました。

「お前は教員を辞めろ！　俺が夜間高校に行く！　いいな」

こうして私は自分はもちろんのこと、彼の人生も変えてしまいました。彼は翌年三月で勤めていた夜間高校を辞めて塾の講師となりました。

私は彼との約束通り、四月から横浜の夜間高校の教員となりました。私の二度目の夜の生活のスタートです。

彼に会ったのはあの夜が最後です。

彼は九年前にがんで亡くなりました。共通の友人から連絡を受けた私は、彼の通夜に行きました。葬儀が始まる前にご挨拶をしようとご家族の元に行くと、奥さんからいわれました。

「お帰りください。主人は最後まで水谷さんのことを恨んでいました」

私は遺影に一礼だけしてその場を去りました。

あの時の私に、もう少し優しさがあったら、相手を思いやることができていたら。時を巻き戻せたら……。取り戻すことができない時間の重みを知りました。

明日に向かって

一五年前の夏休み直前、東京・池袋の風俗街を「夜回り」していた時です。

ソープランドが入っている雑居ビルからあられもない格好で、しかも裸足で飛び出してきた少女を保護しました。

「追われてる、追われてる。殺される！　助けて！」と訴える少女に、私の上着を羽織らせ、タクシーを捕まえて飛び乗りました。

少女の顔には覚せい剤乱用者特有の影が見られ、むき出しの腕には無数の注射痕。覚せい剤離脱期の錯乱状態だとわかりました。

私は自分の車を停めていた駐車場でタクシーを降りると、少女とともに車を乗り換え、一旦、わが家に少女を保護するため横浜に向かいました。

運転しながら、少女からいろいろ聞きました。少女は一七歳、覚せい剤の離脱期で苦しく、思考能力が十分でないにもかかわらず、一生懸命に答えてくれました。

中学生の時から夜遊びを繰り返し、高校を一年の途中で退学。そして、この頃から仲間たちと覚せい剤にはまり、乱用を繰り返したそうです。

ところが、この年の一月に少女の部屋に入った母親が、少女が覚せい剤を吸うために使っていたパイプを見つけ、警察に届けました。このことを知った少女が逃げ込んだ先は、暴力団員である知人のところでした。

その後はお決まりのコースです。覚せい剤をもらう代わりに、ソープランドに売られたそうです。

今夜は覚せい剤の乱用から生じる被害妄想の中で、自分が殺されると思い込み、雑居ビルから逃げ出したところで、偶然私に会ったのです。

車がようやくわが家に近づいたので、念のため、

「現物は持ってないよね？」と確認すると、

「うん、持ってる」と少女は正直に答えました。この返事に、私は頭を抱えました。

まさか、覚せい剤を隠すわけにも、捨てるわけにもいきませんから。

私は朝まで説得を繰り返し、少女に付き添うことで警察に自首させました。この時の証言で、この暴力団の組は、警察の手で壊滅させることができました。覚せい剤を乱用していた若者数人も逮捕され、少女が一七歳と知りながら仕事をさせていたソープランドも摘発されました。

少女は家庭裁判所で試験観察の処分を受けました。薬物依存症治療の専門病院を紹介し、そこに入院しました。

今、彼女は仕事を見つけ、恋人にも恵まれ、明日に向かって生きています。

そして、夜の町へ

夜間高校に転勤した私は、一週間後には「夜回り」を始めていました。

「なぜ夜回りをするのですか？」とよく問われます。私はこう答えます「子どもたちが心配だから」。

でも、本当は違います。私が寂しかったから。出会いを求めていたからです。突き詰めると、私は善く生きることを求めていました。

そんな私が選んだのは夜の町です。


夜の町を歩き続けました。そこで目にしたのは、闇の中をうつろな眼差しで見つめ、声を上げることすらできずに沈んでいくたくさんの子どもたちの哀しい姿です。

この子どもたちとの出会い一つひとつが、私に生きていることの素晴らしさ、誰かのために何かできることの喜びを教えてくれました。出会いは外に一歩出ることから始まります。

しかし、それと同時に多くの大人たちを敵に回すことになりました。私の大切な子どもたちを昼の世界から排除し、夜の世界に追いやる大人たち。そして、私の大切な子どもたちを夜の世界で待ち受け、闇の世界へと連れていこうとする大人たち。

さらにそれだけでなく、口先だけのきれいごとを並べ、自分自身は動いたり汗をかいたりすることなく「子どもたちを救いたい」などともっともらしくいう多くの大人たちからも疎《うと》まれました。

仕方がありません。覚悟はできていました。子どもたちに嘘をつかず生きようとすればするほど、また、子どもたちのそばに立って生きようとすればするほど、この社会から排除されることはわかっていましたから。

じつは、「夜回り」によって一番成長したのは、一番救われたのは、私自身なのかもしれません。

夢をあきらめない

一六年前の秋、二〇歳の女性から救いを求めるメールが来ました。

「死にたい、死にたい、死にたい、死にたい、死にたい、死にたい、死にたい、死にたい、死にたい、死にたい、死にたい、死にたい」

私は、すぐにメールを返信しました。

「水谷です。哀しいです」

数分も経たず返信がありました。

「どうして、私が死ぬことが哀しいの。先生を哀しませてごめんなさい」

私は安堵しました。この子は死なない。この子には他者を思いやる余裕がまだ残っている。これがリサとの出会いでした。私たちはすぐに電話で話し合うようになりました。

リサは夢見る女性、ただし夢に破れようとしていました。

地方の看護学校の三年生で、卒業と国家試験を控えていました。高校時代からリストカットと医者からもらう向精神薬や睡眠薬の過剰摂取（ＯＤ）を繰り返す彼女は、こんな私が看護師になっても誰も助けることはできないと、自殺未遂を何度も重ねていました。

電話で話すうちに人間関係が築けたと確信した私は、ある日、

「どうしてそんな状態になったの？　原因はわかってるのかい？」とたずねました。

「お兄ちゃんとお父さん……」

こういってから、リサはこれまでのことを詳しく話してくれました。それは哀しい話でした。

リサの家庭は四人家族。父親は無職で競馬やパチンコなどギャンブルに溺れる日々を過ごしていました。母親は福祉関係の仕事で活躍するキャリアウーマンとして、そ

の地域では名前の知られた人。兄は大学生でした。

中学生の頃から、兄から性的な暴行を繰り返されていたリサは、母親にも相談できず、高校時代は苦しみ抜き、リストカットやODを繰り返していました。その頃の夢はただ一つ、早く高校を卒業して地方の看護学校に進み、家を出ることです。看護師になって病気で苦しむ人を助けることを目標にしていました。

でも、リサの受けた苦しみはそれだけではありませんでした。

無事に高校を卒業し、奨学金とアルバイトをして得たお金でアパートを借り、自立しました。そんな彼女の元に、父親が毎週のようにお金をせびりに来るようになったのです。

娘が将来を思って貯めた大事なお金を奪い、それが底をつくと、父親は夜の町で体を売ることをそれとなく勧めました。リサは夜の町で声をかけてくる男たちに体を売り始めました。哀しいことに、リサが選んだ男たちはほとんどが父親と同じくらいの年齢です。体を売りながらも、相手に理想の父親のような優しさと癒しを求めていたのでしょう。

しかし、このことがリサから夢と明日への生きる希望を奪っていきました。リサは兄と父親に支配される人形になりました。その苦しみの中で、リストカットとODを繰り返すリサ。父親と兄はそれを知っていて止めませんでした。

一方、母親はこれらのことにまったく気づきません。母親にとってリサは理想の娘、従順なかわいい人形でした。

死を意識していたリサは、偶然見たテレビで私のことを知りました。そして、最後の救いを求めたのです。

「先生と会いたい。ともかく会ってください」

毎日の電話で私に迫りました。

「今はまだ会えないよ。まずはお母さんにこれまでのことをきちんと伝えよう。お兄さんとのことも、お父さんのことも、リストカットやODのことも隠さないで話すこと。それがスタートだよ。会うのはそれからだよ」

　私は、ただこの言葉を繰り返しました。

「先生に会えれば、きっと私は変われる。先生は私の最後の夢。お願いだから会ってください」

　リサはこんな言葉で懇願しながらも、リストカットとOD、さらに兄や中年の男たちに体を与えることを繰り返しました。

　私はこの事実を知っていましたが、あえて止めませんでした。リサはこれで心のバランスをかろうじて取り、生きていると思ったからです。生き抜くためのリストカットやOD、売春です。


　人は人生のどんな時でも、明日を求める最初の一歩は自分自身で踏み出さなくてはなりません。自分で決定し、その結果に自分で責任を取る。私は、関わったすべての子どもたちにこれを求めてきました。

　その時々を助けることは簡単です。でも、長い人生において永久に助け続けることなど誰もできないのですから。

リサからは数え切れないほどたくさんのメールが届きました。

「先生、今日お兄ちゃんがアパートに来た……」

「お父さんが私のお金を持っていきました」

「今日のおじさんは優しかったな。モテルの部屋に入って、私がすぐに泣きだしたら何もしなかった。でもお金くれたよ」

私はリサに何度も何度もメールしました。

「君のそんな優しさは、お兄さんやお父さん、君の家族全部をだめにするよ。ともかく、お母さんに話そう。人は自分のしたことについては、必ず責任を取らなくてはならないんだよ」

そして、

「君の夢は何だい？　先生は明日を作る手伝いをするのが仕事だよ。いってごらん」

こう書くと、リサは二つの夢を話してくれました。

一つは看護師になって病気で苦しむ人たちを助けること。もう一つは、詩を通して心に苦しみを持つ人に癒しを与えること。


次の年の二月、ある日の深夜にリサから一通のメールが来ました。

「先生、いろいろありがとう。やっぱり私は生きていけません」

メールを見た私はすぐに彼女に電話し、わが家に保護しました。


リサは眠り続けました。まるで二〇年間のすべての苦しみと疲れを癒すように、ベッドの中で二日間眠り続けました。

目を覚ますと、リサはその日から、私の仕事部屋のソファーに膝を抱えて座り、ずっと考え込んでいました。私はコンピューターに向かい仕事をしながら、そんなリサをじっと見守りました。ひと言の言葉もかけません。ご飯を食べ、その後は私のそばでうつろに考え込み、私が出かければ自分の部屋で眠る。こんな毎日の生活の中で、私は、彼女が自分から話し始めるのをひたすら待ちました。

私の家に来て一〇日後、リサが初めて私に話しかけてきました。

「先生、こんな普通の暮らしがあるんだね。もう私には、普通の人生なんて生きられないと思ってた。でも、私にもできるんだね。私にも明日はあるんだね。先生、作れるんだね」

「そうだよ。君にはいっぱい未来がある。でも、そのスタートのためには、しなくてはならないことがある。それはわかってるよね？」とリサに問いました。

「うん。明日お父さんとお兄ちゃんに電話する。そして、二人のしてきたことを絶対に許さないし、もう何もさせないっていってやる。それからお母さんに会いに行く。そこで、今まであったことを全部話す。先生、私一人になっちゃうね」

私は伝えました。

「私がついてるよ」


翌日、リサは父親と兄に電話をしました。水谷という先生にすべてを話して相談したこと。これからは絶対に許さないと宣言しました。もし自分の身に何かあれば、先生が警察を動かしてくれることを約束したと静かに伝えました。父親と兄にはひと言も話させませんでした。

さらに、母親にすべてを打ち明けるため、リサは実家へと戻りました。

その日の夜、待ち続ける私の元にリサからの電話が入りました。

「今アパートに帰ってきました。全部話したら、お母さんがおかしくなっちゃった。大声で泣き叫んで、私に向かって手当たり次第にものを投げつけて壊した。でも、私はお母さんを置いて帰ってきた。先生、これでよかったんだよね？」

私は電話を強く握りしめながらいいました。

「いいんだよ、それでいいんだ。私がついているよ。明日一緒に作ろうね。夢を一緒にかなえよう」

リサは無事に看護学校を卒業しました。国家試験にも合格し、今は看護師、そして保健師として、自分から望んだ職場、離島で働いています。

今もリサからは、毎日一つのメールが届きます。私への優しい気づかいです。

「先生、今日お年寄りの患者さんの体を丁寧に拭いてあげたよ。うれしそうだったな。ありがとう看護師さんっていわれた。私、看護師になってよかった」

「今日、担当の患者さんが一人亡くなった。哀しいです。でも、他の患者さんたちのために、頑張って笑顔を作ってます」

「私、ずっと書けなかった詩が書けるようになりました。先生、読んでくださいね」

リサは美しい詩をたくさん送ってくれます。いつか本として出版して、悩んでいる後輩たちの心の支えにしたいという夢があります。


夢はいたずら好き。追えば追うほど逃げていく。

でも、夢を忘れたふりをして、それでも前に進んでいけば、逃げなければ、自然にやってきます。


リサからメールが届きました。

「私、結婚することになりました。相手はこの島で知り合った人です。あんまりカッコよくないけど、とてもいい人です。

水谷先生、彼に過去のことをすべて話しました。彼はただひと言『もう大丈夫。俺がついてる』って、いってくれました。

結婚式はしません。私には家族がいませんから。

でも、お願いがあります。いつか、本当にいつかでいいですから、必ず島に来てくださいね。その日は島の知り合いのお店で、先生を囲んで披露宴をしたいです。

先生、ありがとうございました。私、幸せです」

おわりに

私はこの長い年月、いったい何をしてきたのでしょう。

夜の世界に入り、日本各地の夜の町を子どもたちを求めて歩き、「いいんだよ」と子どもたちを受け止め、数えきれないほど多くの子どもたちや親たちに会ってきました。

関わった子どもたちからは「いいんだよの水谷先生」と呼ばれます。私が子どもたちにいう言葉で一番多いのが、この「いいんだよ」なんだそうです。自分では意識したことはありませんが、どの子も愛おしい存在だと思っているからでしょう。

俺、窃盗やった
いいんだよ

私、援助交際やってた

いいんだよ
私、シンナーやってる
いいんだよ
俺、覚せい剤やってる
いいんだよ
私、リストカットしてる
いいんだよ
俺、引きこもりなんだ
いいんだよ
私、学校に行けない

いいんだよ

今までのこと、みんな、みんな
いいんだよ

でも、
私、死にたい
俺、死にたい

それだけは
だめだよ
まずは、今日から
水谷と一緒に、生きてみよう

私に救いを求めた子どもたちの多くは、私との生き合いの中で明日への夢を見つけ、昼の世界へと戻っていきました。でもじつは、私は誰一人救ってなどいません。救われたと思っている子どもたちは気づいただけです。救いはすでに自分の中にあったことに。

振り返れば、子どもたちの笑顔、明るい電話の声やメールの文章から、無数の喜びをもらいました。

それとともに、底なしに深い哀しみも私には宿っています。私に救いを求めた子どもたちの何人かは、何もできない、ただそばにいるだけの私に失望し、私の手の届かないところへ去っていきました。この子どもたちに、私はさらなる哀しみを作ってしまいました。そして、失った子どもたちはもう二度と私の元に戻ってきてはくれません。

「いいんだよ」

私にだけは、許されない言葉です。

二〇一八年九月　　夜回り先生・水谷　修

著者略歴

水谷 修（みずたに・おさむ）

一九五六年、神奈川県横浜市に生まれる。上智大学文学部哲学科を卒業。一九八三年に横浜市立高校教諭となるが、二〇〇四年九月に辞職。在職中から継続して現在も、子どもたちの非行防止や薬物汚染の拡大防止のために「夜回り」と呼ばれる深夜パトロールをおこない、メールや電話による相談への対応と、講演活動などで全国を駆け回っている。

主な著書には、『夜回り先生』『夜回り先生と夜眠れない子どもたち』『こどもたちへ　おとなたちへ』（以上、小学館文庫）、『増補版さらば、哀しみのドラッグ』（高文研）、『夜回り先生の幸福論　明日は、もうそこに』『夜回り先生　子育てで一番大切なこと』（以上、海竜社）、『どこまでも生きぬいて』（PHP研究所）、『さよならが、いえなくて』『夜回り先生の卒業証書』『夜回り先生　こころの授業』『あした笑顔になあれ』『あおぞらの星』『あおぞらの星2』『いいんだよ』『夜回り先生からのこころの手紙』『夜回り先生50のアドバイス　子育てのツボ』『夜回り先生　いのちの授業』『ありがとう』『夜回り先生　いじめを断つ』『Beyond』『約束』『優しさと勇気の育てかた』『少数異見』（以上、日本評論社）などがある。

夜回《よまわ》り先生《せんせい》　原点《げんてん》

二〇一八年九月三〇日　第一版第一刷発行

著　者　水谷《みずたに》　修《おさむ》

発行者　串崎　浩

発行所　株式会社日本評論社

〒170-8474　東京都豊島区南大塚 3-12-4

電話 03-3987-8621（販売）

FAX03-3987-8590（販売）

振替 00100-3-16

https://www.nippyo.co.jp/

装幀・デザイン　井上新八

写　真　榊　智朗

印刷所　精興社

製本所　難波製本

ISBN978-4-535-58729-8　Printed in Japan